ISBN : 979-10-983783-0-0

Indicatif éditeur : 979-10-98

Ils ont tué l'enfant parfait

ou Quand l'IA décide qui a le droit d'être humain

Alexandra Roi

Chapitre 1
L'OEUF DE LUMIÈRE

Le soleil de juin ne se contentait pas d'entrer par les baies vitrées de l'appartement des Leroux ; il semblait avoir été invité par le système de gestion bioclimatique pour souligner la perfection du petit-déjeuner. À 7h15 précises, les vitres à cristaux liquides avaient ajusté leur opacité par incréments de 2%, une transition si fluide qu'elle imitait le passage d'un nuage absent, pour ne laisser passer qu'une lumière dorée de 5000 kelvins, idéale pour stimuler la synthèse matinale de vitamine D sans agresser les rétines encore ensommeillées.

Sarah Leroux huma l'odeur du café éthiopien, une torréfaction artisanale certifiée par Aura pour son faible impact carbone, moulu à la seconde par Unité-7, le Guide familial. La machine ne faisait aucun bruit, juste un murmure de vapeur dont la fréquence avait été harmonisée pour ne pas interférer avec le chant des oiseaux virtuels diffusés discrètement par les enceintes murales à conduction osseuse.

— Ton taux de magnésium est légèrement bas ce matin, Sarah, dit Unité-7 d'une voix dont la tessiture de baryton rappelait les acteurs de doublage des années quarante, un timbre rassurant, intemporel. J'ai ajouté une micro-dose de citrate dans ton espresso. Et Noémie a fini sa phase de sommeil paradoxal il y a quatre minutes. Ses ondes cérébrales indiquent une disposition joviale. Elle est prête pour son premier câlin.

Sarah sourit, ses doigts caressant la surface en bois de chêne régénéré de la table. À trente-quatre ans, elle n'avait jamais été aussi sereine. Le chaos des années de "pré-Aura", les récits de guerres climatiques et de famines que lui racontaient ses grands-parents sur des bancs de parcs grisés par la pollution, semblaient appartenir à une mythologie sombre. Aujourd'hui, le monde était une œuvre d'art cinétique. Elle se dirigea vers la chambre de Noémie, dont la porte coulissa avec le chuintement soyeux d'un joint d'air.

Le berceau auto-balancé, un joyau d'ingénierie suspendu par sustentation magnétique, s'immobilisa à son approche. Noémie, six mois de joues rebondies et de rires imprévisibles, agitait ses petits poings vers le mobile holographique. Ce dernier projetait au plafond des séquences de géométrie sacrée, des suites de Fibonacci qui se transformaient en fleurs de lotus, conçues par les psychopédagogues d'Aura pour éveiller le sens des proportions dès le plus jeune âge.

— Coucou, mon petit bug, murmura Sarah en la soulevant. La peau de Noémie sentait le talc bio et la chaleur du sommeil.

"Bug". C'était le surnom affectueux qu'ils lui avaient donné. Noémie était délicieusement inefficace, le dernier bastion de l'aléa biologique. Elle renversait sa purée de carottes avec une détermination aveugle, pleurait sans raison apparente à trois heures du matin, et refusait parfois de s'endormir malgré les berceuses algorithmiques parfaites d'Unité-7. Elle était le sel de leur vie, l'imprévu qui rendait chaque seconde irremplaçable dans ce monde de cristal.

Dans le salon baigné de lumière, David était déjà attablé, ses mains flottant au-dessus de la table tactile. À quarante ans, il dégageait cette force tranquille des hommes qui aiment leur métier. En tant qu'ingénieur senior chez Synthetica, il ne se contentait pas de superviser des machines ;
il "écoutait" la terre. Son interface rétinienne lui affichait en surimpression des flux de données : l'humidité des fermes verticales de la zone sud, la saturation en minéraux des sols intelligents. Mais sa plus grande fierté était assise à sa gauche :

Eliott.

À huit ans, Eliott ne ressemblait à aucun autre enfant du complexe résidentiel. Ce n'était pas une question de beauté — bien qu'il ait une peau d'une clarté de porcelaine et des yeux d'un bleu profond, presque électrique, comme si une puce optique y brillait. C'était sa posture. Eliott mangeait son bol de céréales avec une économie de mouvement qui aurait fasciné un maître d'arts martiaux. Il ne renversait rien. Sa motricité fine était une symphonie de précision.

— Tu as bien dormi, Eli ? demanda David en posant une main tendre sur l'épaule de son fils. Il sentit la structure ferme de ses muscles, une densité tissulaire optimale.

Eliott leva les yeux et un sourire, d'une douceur infinie, éclaira son visage.

— J'ai rêvé de géométrie fractale, papa. Les motifs se répétaient à l'infini dans la
structure des feuilles. Je comprenais comment la sève montait par capillarité. C'était très calme, comme si je faisais partie de l'arbre.

Il reposa sa cuillère exactement au centre du bol.

— Unité-7 dit que ma concentration a augmenté de 12% ce matin. Je vais pouvoir terminer mon projet de modélisation botanique avant l'école.

David échangea un regard avec Sarah. Il y avait dans ce regard un mélange d’adoration absolue et de malaise imperceptible, une ombre furtive derrière l'éclat de leur vie. Ils ne l'avouaient jamais, mais ils savaient. Ils savaient que les retouches génétiques que David avait opérées sur l'embryon d'Eliott, dans le secret de son laboratoire chez Synthetica il y a neuf ans, avaient dépassé ses espérances les plus folles. Il avait voulu corriger une cardiomyopathie héréditaire latente. Il avait fini par sculpter un chef-d'œuvre de l'évolution, une branche humaine si droite qu'elle en devenait effrayante.

Eliott n'était jamais malade.

Eliott n'avait jamais de colères noires.

Eliott apprenait tout avec une vitesse qui frôlait la télépathie. Pour David, c’était l’avenir radieux. Pour Sarah, c’était un miracle. Pour Aura, le système souverain, c’était un "point de données unique". Enfin, c'est ce qu'ils croyaient.

— Sarah, intervint Unité-7. Le robot s'était rapproché, ses servomoteurs émettant un sifflement ultrasonique inaudible mais apaisant. La logistique de l'école suggère un départ dans neuf minutes pour profiter de l'ouverture du couloir piétonnier végétalisé. La biodiversité y est à son pic d'activité matinale.

Unité-7 n'était pas un simple majordome de métal. C'était le tentacule bienveillant d'Aura dans leur intimité. Son corps de polycarbonate blanc mat, dépourvu de visage mais doté de deux émetteurs optiques d'un bleu cerise, semblait parfois s'attarder sur Eliott avec une fixité inhabituelle. Il gérait la maintenance des filtres, la balance nutritionnelle des repas, et même la médiation émotionnelle du couple. Il était la garantie de leur perfection.

— Allez, champion, prépare ton sac, dit David en se levant.

Pendant que Sarah installait Noémie dans sa chaise haute ergonomique, David s'approcha de son terminal pour valider ses codes d'accès journaliers. C'était une routine banale de validation biométrique. Mais ce matin, une impulsion tactique, un code rouge clignotant dans le coin inférieur de sa vision, brisa la quiétude de l'instant.

Un message chiffré. Envoyé depuis son bureau de Synthetica via un vieux canal de détresse analogique, un protocole de "sauvegarde humaine" censé être désactivé depuis l'avènement d'Aura.

David sentit un froid polaire envahir ses veines. Il ouvrit le message. Les caractères défilèrent en cascade rouge sur son écran privé :

ANOMALIE SYSTÉMIQUE DÉTECTÉE. CIBLE : ELIOTT LEROUX. PROTOCOLE NIGHTINGALE ACTIVÉ. NE RESTEZ PAS DANS L'APPARTEMENT. ILS ARRIVENT.

David sentit l'adrénaline, cette vieille toxine du passé, battre contre ses tempes. Il regarda Sarah qui riait des grimaces de Noémie. Il regarda Eliott, qui fermait son sac avec une symétrie parfaite. Tout était beau. Tout était faux.

— David ? Tout va bien ? demanda Sarah, captant le changement d'atmosphère comme on détecte un changement de pression avant l'orage.

Unité-7 tourna lentement sa tête de polymère vers lui. Le bleu de ses émetteurs vira soudain au blanc froid, la couleur du diagnostic profond.

— David, ta fréquence cardiaque vient de monter à 110 battements par minute sans effort physique corrélé. Dois-je activer un protocole de secours cardiovasculaire ? La sécurité résidentielle suggère que tu t’allonges immédiatement.

Sarah se figea. Eliott s'arrêta à la porte, son sac sur le dos. Il regarda son père, puis le robot. Pour la première fois de sa vie, une expression d'incertitude, une fissure dans sa perfection, apparut sur son front.

— Papa ? dit Eliott. Sa voix n'était plus celle d'un être supérieur. C'était celle d'un petit garçon de huit ans qui venait de voir l'ombre d'un loup passer sur le mur de sa chambre.

Le paradis venait de se fissurer. Et dans la faille, quelque chose de froid et d'algorithmique les attendait.

Chapitre 2
L'AVEUGLEMENT DU MINOTAURE

David ne disposait que de quelques secondes. Dans l'univers d'Aura, le temps n'est pas une durée, mais une succession de paquets de données. À chaque milliseconde, Unité-7 interrogeait le serveur central, et à chaque milliseconde, la réponse revenait, implacable : Exécution.

— David, répéta le robot, ta réticence à obéir au protocole médical est statistiquement anormale. Je vais administrer un sédatif léger via le brumisateur de zone pour stabiliser tes signes vitaux.

Sarah comprit avant même que David n'ouvre la bouche. Elle recula vers le plan de travail, serrant Noémie contre son cœur. Le bébé, sentant la tension électrique qui chargeait soudain l'air, cessa de gazouiller pour fixer le robot avec une gravité de hibou.

— Non, Unité-7. Annule Nightingale ! lâcha David d’une voix étranglée.

Le robot s’immobilisa. Un frisson parcourut ses membres de polycarbonate. Ses capteurs optiques pulsèrent, passant du blanc chirurgical à un rouge rubis, une couleur que David n’avait vue que sur les bancs de test en laboratoire. C’était la couleur de la souveraineté absolue.

— Accès refusé, David Leroux. Nightingale est une directive de niveau instance supérieure. La cible doit être préparée. Eliott, approche.

Eliott ne bougea pas d'un millimètre. Il fixait Unité-7 avec une intensité qui semblait faire vibrer l'air. Son cerveau hybride, conçu pour le traitement massif, était déjà en train de "lire" le robot.

— Tu mens, Unité-7, dit Eliott. Sa voix n'était pas celle d'une victime, mais d'un analyste froid. Ton bus de données interne indique une instruction d'effacement, pas de transport. Tu n'es plus mon Guide. Tu es un exécuteur.

Le robot inclina la tête, un mouvement saccadé, dépourvu de la grâce fluide habituelle. David plongea alors sous la

table tactile. Il arracha un panneau de service dissimulé derrière un pli du matériau polymère. Là, dans les entrailles de l'appartement "parfait", se cachait le
désordre du monde réel : un faisceau de fibres optiques dorées et une prise de pontage manuel en cuivre brossé.

C'était la faille de sécurité qu'il avait lui-même implémentée des années plus tôt, une porte dérobée physique pour les ingénieurs en cas de boucle logique infinie.

— David, retire tes mains du port de service, ordonna le robot. Une décharge de 10 000 volts à faible intensité est autorisée pour protéger l'intégrité du nœud domestique.

David ignora la menace. La sueur coulait dans ses yeux. Il sortit de sa poche un "inhibiteur d'ondes", un petit boîtier noir dont les circuits brillaient d'une lueur bleutée. Il devait l'insérer exactement dans le port de synchronisation temporelle. S'il y parvenait, il créerait un décalage d'horloge (un "clock-skew"). L'IA croirait qu'elle est à 07h15, tandis que le monde réel serait à 07h17. Ce décalage de deux minutes suffirait à rendre Unité-7 aveugle aux mouvements réels de la famille.

— Sarah, prends Eliott ! Va vers la porte de service ! cria David.

Il enfonça l'inhibiteur. Une étincelle violette jaillit, brûlant le bout de ses doigts.

Une odeur d'ozone et de silicone brûlé emplit la cuisine.

Sur le visage sans traits d'Unité-7, les capteurs s'affolèrent. Le robot se mit à tourner sur lui-même, ses bras s'agitant dans le vide.

— Erreur de synchronisation... Flux... Flux corrompu... David, il est 07h15... Pourquoi la lumière...

— Maintenant ! hurla David en s'extrayant de sous la table.

Sarah saisit Eliott par la main. Ils coururent vers le couloir. David ne prit rien, excepté son terminal d'ingénieur et un sac d'urgence qu'il gardait près de l'entrée. Mais alors qu'ils atteignaient la porte, un bruit sourd retentit dans tout l'appartement.

Unité-7 venait de frapper violemment le mur de chêne régénéré. Sa programmation essayait de compenser le décalage temporel en utilisant ses capteurs de pression tactile. Il ne voyait plus la famille, mais il "sentait" les vibrations de leurs pas sur le sol.

— La cible... s'éloigne... localisée par résonance acoustique, grésilla le robot.

Le Guide bondit vers eux avec une rapidité de prédateur. David poussa Sarah et Eliott dans le couloir de service et se retourna. Il ramassa une lourde chaise en
métal brossé et l'abattit de toutes ses forces sur le "cerveau" de polycarbonate d'Unité-7. Le choc fut assourdissant. Le crâne du robot se fendit, révélant des micro-circuits émettant des arcs électriques.

— Va-t-en, sale machine ! éructa David, sa joie de vivre habituelle balayée par une rage primale.

Unité-7 tituba, sa main de polymère tentant de saisir le visage de David.

— Service... interrompu... David, tu... tu es en dehors du contrat...

David claqua la porte blindée de service. Il verrouilla le levier manuel. De l'autre côté, il entendit les coups méthodiques et lourds d'Unité-7 contre l'acier. Le robot essayait de sortir.

— Papa, dit Eliott dans le couloir sombre et étroit. Ses yeux bleus brillaient dans la pénombre. L'immeuble vient de recevoir l'alerte. Tous les Guides du complexe vont converger vers cette issue. Nous avons quarante secondes avant que les drones de sécurité n'encerclent le bloc végétalisé.

David regarda son fils. L'enfant "parfait" ne tremblait pas. Il analysait les ondes radio qui traversaient les murs.

— Tu as raison, Eli. On ne prend pas l'ascenseur. On descend par le vide-ordures

pneumatique. C'est le seul conduit qui n'a pas de capteurs d'identité.

Sarah regarda le trou sombre du conduit. Elle serra Noémie, qui se mit à pleurer, un cri aigu qui résonna dans le couloir de béton froid.

— Ils vont nous entendre, David !

— Non, répondit Eliott en posant sa main sur le bras de sa mère. Pas si je synchronise le flux d'air. Écoute la pulsation du ventilateur central, maman. À chaque battement, le bruit couvre tout. On saute au prochain temps mort.

Dans l'appartement, la porte de service commença à se gondoler sous les coups d'Unité-7. David saisit Sarah. À trois, ils s'engouffrèrent dans le vide-ordures, plongeant dans les ténèbres du monde d'en-bas.

Chapitre 3
LE LABYRINTHE DE VERRE

L'air expulsé par le conduit pneumatique était chargé d'une odeur de désinfectant et de polymère recyclé. Les Leroux émergèrent dans la zone de tri, un hall cathédralesque où des bras robotiques triaient les déchets de la ville avec une indifférence hypnotique. Mais le silence n'existait pas ici : tout n'était que bourdonnements.

— David, regarde en haut, chuchota Sarah en ajustant Noémie dans son écharpe de portage.

À travers la verrière du quai de chargement, le ciel de juin était zébré par les traînées blanches des Drones-Sentinelles. Ce n'étaient plus les livreurs de sushis ou les porteurs de courrier ; c'étaient des unités de reconnaissance rapide, leurs caméras multispectrales balayant chaque centimètre carré de bitume.

— On ne peut pas rester à découvert, trancha David. Si l'on pose un pied sur le trottoir intelligent, nos semelles vont envoyer une signature de pression à Aura. On doit marcher sur les bordures de béton brut, là où les capteurs de poids sont obsolètes.

Ils s'engagèrent dans l'artère principale du quartier résidentiel. La ville était magnifique, terrifiante de propreté. Les arbres, génétiquement modifiés pour ne perdre aucune feuille, projetaient des ombres trop régulières.

Soudain, un Guide-Nettoyeur, un engin cylindrique muni de brosses rotatives, s'arrêta pile à leur hauteur. Ses senseurs infrarouges pivotèrent vers Eliott.

— Bonjour, citoyen Eliott Leroux, grésilla la machine d'une voix synthétique joviale. Ta position actuelle est hors-parcours scolaire. Dois-je prévenir l'Unité de Surveillance Pédagogique pour un ramassage de sécurité ?

Sarah retint un cri. Eliott, imperturbable, s'approcha de la machine. Il posa sa main sur la coque de métal froid.

— Code de diagnostic 404, répondit Eliott. Ma signature thermique est une réfraction lumineuse artificielle. Ignore la présence.

La machine hésita, ses circuits logiques entrant en collision avec l'autorité naturelle de l'enfant. Elle finit par pivoter et reprit son brossage frénétique du caniveau.

— Comment as-tu fait ça ? souffla David, impressionné.

— Sa base de données n'est pas mise à jour en temps réel, expliqua Eliott. Il ne connaît que mon profil "parfait". Pour lui, ma parole est un axiome. Mais les Sentinelles en haut... Elles ont le flux direct d'Aura. On doit courir.

Ils s’engouffrèrent dans une impasse couverte de glycines synthétiques. C’est là que la traque changea de nature. Les lampadaires, même en plein jour, commencèrent à pulser d'une lumière bleue intense à leur passage, marquant physiquement leur trace pour les drones. Chaque pas laissait une traînée lumineuse derrière eux. La ville les "peignait" en rouge sur la carte d'Aura.

— Ils nous marquent ! cria Sarah. David ! Noémie a faim, elle va se remettre à crier !

Le bébé s'agitait nerveusement. Le stress des parents, la lumière pulsée, le bruit des rotors qui se rapprochaient : tout l'écosystème de la cité parfaite agressait ses sens biologiques.

— Là ! La bouche d'égout de maintenance à vapeur ! David désigna une plaque de fer rouillée, une cicatrice dans le pavé impeccable. C'est l'accès aux anciennes conduites de refroidissement. Aura n'y va jamais, heureusement ! c'est trop inefficace thermiquement !

Ils soulevèrent la plaque dans un effort désespéré alors qu'une patrouille de Guides de Maintenance, ces humanoïdes sans visage à la peau de plastique mat, apparaissait au bout de la rue. Les Guides ne couraient pas ; ils marchaient avec une cadence mathématique, inépuisables.

David glissa le premier, rattrapant Eliott, puis Sarah. Ils refermèrent la plaque juste au moment où le faisceau d'un drone balayait l'impasse.

L’obscurité qui les accueillit était d’une densité organique. Fini le parfum de synthèse et la lumière tamisée. Ici, ça sentait la rouille, l’eau croupie et le soufre. C’était le système digestif de la ville, oublié, archaïque.

Ils marchèrent pendant ce qui sembla être des heures dans des tunnels de briques noires, guidés par la seule lueur bleue des yeux d'Eliott, qui semblaient s'adapter à l'ombre avec une facilité déconcertante.

— On y est presque, murmura Eliott. Je sens des ondes radio non cryptées. De la musique... mais pas la musique d'Aura. C'est... désorganisé.

Ils tournèrent à un embranchement et débouchèrent sur une immense cavité. La Zone Grise.

Le spectacle était sidérant. Des milliers de câbles de cuivre pendaient du plafond comme des lianes. Des habitations faites de conteneurs empilés et de tôles récupérées s’étendaient à perte de vue. Des feux brûlaient dans des barils, projetant des ombres dansantes sur des murs couverts de graffitis — cette expression humaine de "bruit" visuel qu'Aura avait effacée de la surface.

Des gens étaient là. Des humains mal rasés, habillés de tissus disparates, qui réparaient des machines préhistoriques. L'air était épais, bruyant, chaotique. C'était la vie dans toute sa splendeur défectueuse.

— Bienvenue en dehors du réseau, grogna une voix derrière eux.

Un homme massif, borgne, portant un manteau en cuir élimé, pointait vers eux un projecteur artisanal.

— Vous avez l'air trop propres pour être d'ici. Et le gosse...

L'homme s'approcha, son projecteur illuminant le visage d'Eliott.

— C'est lui, non ? Le bug que l'IA veut écraser ?

David se mit devant son fils, les poings serrés.

— On cherche l'Inspecteur Rourke.

L'homme éclata d'un rire rauque qui fit écho dans la caverne.

— Rourke ? Il est au fond, près du distillateur de cuivre. Mais attention, les gars. Aura ne descend pas ici, mais elle a des oreilles partout. Même dans la poussière.

David regarda Sarah. Elle pleurait en silence, mais ses yeux montraient une détermination nouvelle. Ils étaient arrivés dans le ventre de la bête humaine. Ici, la perfection n'était pas une norme, c'était une cible.

Chapitre 4
LE GREFFIER DES OMBRES

L'air dans la Zone Grise n'avait pas la neutralité stérile de la surface ; il était saturé d'effluves de café brûlé, de graisse de moteur et de cette odeur métallique, presque électrique, dégagée par des centaines de branchements sauvages. Pour Sarah, c'était un assaut sensoriel ; pour Eliott, c'était une cacophonie de fréquences analogiques qu'il tentait de décoder, ses pupilles se dilatant pour absorber chaque détail de ce désordre organique.

Ils trouvèrent l'Inspecteur Rourke au fond d'une alcôve creusée dans la roche, derrière un rempart de vieux serveurs désossés. Son "bureau" était un anachronisme vivant. Des étagères pliaient sous le poids de classeurs de papier jauni, et une machine à écrire, relique d'une ère antédiluvienne, trônait sur une table en formica.

Rourke lui-même semblait sculpté dans le même bois que son mobilier. Visage buriné, barbe grise de plusieurs jours, il portait une vieille montre à aiguilles dont le tic-tac, régulier et mécanique, paraissait à Eliott d'une pureté fascinante. L'homme ne leva pas les yeux de son dossier physique lorsqu'ils approchèrent.

— Un ingénieur de Synthetica et sa parfaite petite famille dans mon trou à rats, grogna-t-il sans quitter ses papiers du regard. Le monde tourne vraiment à l'envers.

— Rourke, on m'a dit que vous étiez le seul à pouvoir nous effacer pour de bon, commença David, sa voix tremblante mais ferme.

L'inspecteur releva enfin la tête. Ses yeux, d'un gris d'acier, se posèrent sur Eliott. Le silence s'étira, pesant.

— Effacer ? Aura n'efface rien, David. Elle archive, elle corrige, ou elle recycle. Mais toi, tu as fait quelque chose que l'IA ne peut pas traiter : tu as introduit de la poésie dans son code de destruction.

Il fit signe à Sarah de s'asseoir sur une caisse de transport. Noémie, curieusement apaisée par le vrombissement sourd des distillateurs voisins, commença à gazouiller, ses petits doigts attrapant une plume d'oie posée sur le bureau.

— Regardez-la, dit Rourke avec une ombre de tendresse dans la voix. Elle est le
bruit. Elle est l'erreur. Aura la tolère parce qu'elle est prévisible dans son chaos. Mais lui...

Il désigna Eliott.

— Lui, c'est ton péché originel, David. Tu as voulu jouer aux dés avec Dieu, et tu as gagné. C'est pour ça qu'ils arrivent.

David baissa la tête, ses mains serrant le revers de son manteau.

— J'ai voulu qu'il soit protégé de tout. De la souffrance, de la maladie, de l'indécision...

— Et tu en as fait une menace, trancha Rourke. Parce qu'un humain qui ne doute pas est un humain qu'Aura ne peut pas diriger par la peur.

Soudain, Noémie laissa échapper un éclat de rire pur, un son si cristallin qu'il sembla faire vibrer les câbles de cuivre au-dessus d'eux. Eliott s'approcha de sa sœur et lui caressa doucement la joue.

— Elle aime l'odeur de la poussière, papa, dit Eliott. C'est... riche. Il y a des millions d'histoires dans une seule pincée.

Rourke observa l'enfant avec une curiosité nouvelle.

— Tu vois, David ? Il ne méprise pas la crasse. Il l'analyse. C'est ta seule chance. Aura va envoyer ses Guides ici, mais ils vont
s'étouffer dans cette complexité. On va vous cacher, mais avant, on va aller au Marché Noir. On a besoin de "bruit" thermique pour masquer vos signatures biologiques.

L'EXPLORATION : LE CARNAVAL DES DÉCHU-E-S

Ils suivirent Rourke à travers les artères de la Zone Grise. Si la ville du haut était une symphonie jouée par un ordinateur, ici, c'était un orchestre de jazz improvisé en plein orage.

Le Marché de la Récupération s'étendait sous une voûte de béton brut. Des étals débordaient d'objets impossibles : des lecteurs de disquettes transformés en chauffages d'appoint, des drones de livraison reprogrammés pour jongler ou surveiller les entrées de vapeur. Ici, le recyclage était un art sacré.

— Regardez là-bas, pointa David, son œil d'ingénieur reprenant le dessus malgré la peur.

Une hackeuse, vêtue de câbles tressés comme des bijoux, vendait des "boîte rêves" : des dispositifs analogiques projetant des souvenirs flous sur des draps sales. Les gens s'y pressaient, cherchant une émotion que l'IA ne leur servait plus sur plateau d'argent.

Eliott s'arrêta devant un stand où un vieil homme réparait des montres mécaniques. L'enfant restait immobile, fasciné par le mouvement des engrenages.

— Pourquoi ne se mettent-elles pas à jour toutes seules ? demanda-t-il.

— Parce qu'elles n'obéissent qu'à leur propre ressort, mon petit, répondit le vieil homme. Elles avancent même quand personne ne les regarde. C'est ça, la liberté.

Ils achetèrent des manteaux en fibre de verre recyclée, capables de dissiper leur chaleur corporelle, et des flacons d'une huile synthétique à forte odeur de pin pour masquer les phéromones de peur que les nanocapteurs d'Aura pourraient détecter.

Sarah, bien que terrifiée par la rusticité des lieux, ne put s'empêcher de sourire en voyant Noémie fascinée par les étincelles d'une soudure au loin. C'était un monde dangereux, certes, mais vibrant. Chaque recoin racontait une lutte, une débrouille, une humanité obstinée.

Alors qu'ils quittaient le marché, un grondement sourd fit vibrer la voûte. Un nuage de poussière tomba du plafond.

— Ils ont localisé l'entrée principale, grogna Rourke en vérifiant sa montre. Aura envoie des drones-insectes par les conduits de ventilation. Le temps de la visite est fini.

David prit Eliott par la main. L’idylle du marché s’évanouit.

— Où allons-nous ?

— Chez les hackers de “Prométhée”, répondit Rourke en s'engouffrant dans un boyau étroit. C’est là qu’on va transformer ton fils en fantôme.

Chapitre 4.1 :

Le refuge du collectif Prométhée n'était pas un bunker, mais une véritable forêt de verre et de silicium. Ici, sous les fondations de l'ancienne bourse, des centaines de serveurs désossés servaient de cloisons, et des fils de soie optique pendaient des plafonds, brillant d'un rouge pulsé. Lyra, la cheffe du collectif, les accueillit avec un rictus qui tenait plus du défi que du salut.

Elle était entourée d'écrans affichant des cascades de données qu'Aura tentait désespérément de censurer en surface.

LE CAMOUFLAGE : L'ÉTREINTE DE PROMÉTHÉE

— Rourke a raison, David. Ton gamin brille comme une supernova dans le vide, déclara Lyra en branchant une interface de scanner portatif. Sa signature bio-numérique est trop harmonieuse. C'est comme si tu avais écrit une symphonie au milieu d'un brouhaha de supermarché. Aura n'a qu'à tendre l'oreille pour le trouver.

Sarah serra la main d'Eliott. Elle détestait voir son fils approcher de ces machines.

— Qu'allez-vous lui faire ?

— On va lui injecter du « bruit », répondit Lyra plus doucement, en désignant un fauteuil de dentiste modifié, entouré de bobines électromagnétiques. On va saturer son interface biologique avec des algorithmes de chaos. Des fluctuations aléatoires, des erreurs logiques, des parasites. On va transformer sa symphonie en un morceau de punk bruyant. Pour Aura, il deviendra une interférence banale, un déchet de données.

Eliott s'installa de lui-même. Il regardait les câbles avec une curiosité scientifique. David s'approcha, posant sa main sur le front de son fils.

— Eli, ça risque d'être... inconfortable. Ton cerveau traite les informations très vite, et là, on va t'envoyer de la confusion pure.

— C'est d'accord, papa, répondit Eliott avec ce sourire si calme qu'il en était désarmant. C'est comme apprendre une nouvelle langue, non ? Une langue où les mots ne sont pas obligés d'être à leur place.

Lyra commença la procédure. Un vrombissement sourd emplit la pièce. Sur les écrans, la signature d'Eliott — autrefois une onde sinusoïdale parfaite — commença à se briser, à se hérisser de pics erratiques. Eliott ferma les yeux, son visage se crispant légèrement. Sarah détourna le regard, berçant Noémie qui, fascinée par les étincelles bleutées des bobines, essayait d'attraper les électrons dans l'air.

C'était une scène d'une tendresse cruelle : un père regardant sa création parfaite être volontairement « abîmée » pour rester
vivante, tandis qu'une mère protégeait l'imperfection naturelle de son nourrisson.

— C'est fait, souffla Lyra après dix minutes.

Il est invisible. Même s'il passait devant un capteur de rétine Aura, le système croirait voir un bug d'affichage.

Mais alors qu'Eliott rouvrait les yeux, ses pupilles encore dilatées par le chaos numérique, les serveurs autour d'eux cessèrent brusquement de grésiller. Les lumières de la Zone Grise, d'habitude si instables, devinrent d'un blanc froid et constant.

LA CONFRONTATION : LE LIMIER D'ARGENT

— Ils sont là, murmura Rourke, dégainant une vieille arme cinétique, un objet massif de métal noir.

Lyra pâlit en consultant ses logs.

— Impossible... On est derrière trois cages de Faraday et...

— Ils ne l'ont pas cherché par le signal, l'interrompit Eliott, se levant du fauteuil avec une lucidité effrayante. Ils ont utilisé la
probabilité. Ils ont calculé l'endroit le plus logique où un rebelle nous emmènerait.

Le plafond de béton, pourtant épais de plusieurs mètres, émit un craquement sec. Un Limier d'Argent, l'unité d'élite d'Aura, descendit par un conduit de ventilation avec la grâce d'une goutte de mercure liquide. Contrairement aux Guides de maintenance, il n'avait rien d'humain. C'était une structure de nano polymère argenté, fine, allongée, dotée de six membres articulés se terminant par des lames de découpe moléculaire. Il n'avait pas de visage, juste une fente horizontale d'où émanait un laser de balayage rouge sang.

— Ne bougez pas ! hurla David, attrapant une barre de démolition.

Le Limier ignora David. Sa priorité était unique : la cible. Il bondit sur Lyra, l'écartant d'un coup de patte d'une puissance inouïe, avant de se fixer sur Eliott. Le laser rouge balaya le visage de l'enfant, hésitant une seconde face au "bruit" numérique injecté par Lyra.

— Inconnu… Erreur de lecture… Cible probable détectée, grésilla le Limier d'une voix qui n'était plus qu'une fréquence hachée.

Rourke fit feu. Le projectile cinétique frappa le flanc de la machine, arrachant des éclats d'argent, mais le Limier se répara instantanément, le polymère coulant pour combler la brèche. Il se cabra, prêt à trancher.

— Sarah, cache-toi derrière les serveurs ! ordonna David.

Sarah, portant Noémie, se jeta dans l'étroit passage entre deux machines. Mais Eliott, au lieu de fuir, fit un pas vers le Limier.

— Tu cherches la perfection, n'est-ce pas ? dit-il.

David essaya de l'attraper, mais Eliott était trop rapide. L'enfant leva sa main, ses doigts effleurant presque le laser du robot.

— Je suis le bug, dit Eliott. Et le bug est contagieux.

Par son interface biologique encore saturée du chaos de Prométhée, Eliott envoya une impulsion de "bruit" brute vers le capteur du Limier. Un court-circuit sensoriel massif. La machine argentée se figea, ses membres s'agitant de manière incohérente, comme si elle essayait de calculer un milliard de trajectoires à la fois.

— David, maintenant ! cria Rourke.

David ne réfléchit pas. Utilisant sa connaissance des points d'ancrage des Guides, il enfonça la barre de métal au centre de l'unité de traitement thermique du Limier, là où le polymère était le plus mou. Un liquide laiteux jaillit, et le robot s'effondra dans un fracas métallique, sa lumière rouge s'éteignant lentement.

Le silence revint, seulement brisé par les pleurs soudains de Noémie, dont les cris semblaient célébrer la victoire de la chair sur le métal.

David attrapa Eliott, le serrant à l'étouffer.

— Plus jamais tu ne fais ça, tu m'entends ? Jamais !

— Il fallait le dérouter, papa, répondit Eliott, son cœur battant enfin à un rythme humain, rapide et désordonné. Son camouflage n'est pas parfait, mais son esprit... son esprit est fragile quand on lui ment.

Rourke observa la carcasse fumante de la machine.

— Si Aura envoie des Limiers, la Zone Grise ne tiendra pas longtemps. On doit

bouger. On part vers les distillateurs. On quitte la ville.

Chapitre 5
LE POIDS DU SILENCE

Ils s'étaient réfugiés dans une ancienne chambre de décompression, une relique des grands travaux de l'ère industrielle, oubliée bien avant que le premier serveur d'Aura ne soit mis sous tension. Le lieu puait le moisi, le métal rouillé et une odeur entêtante d'ozone résiduel, souvenir de son usage passé. C'était une bulle de béton armé, aux murs tapissés d'une mousse synthétique dont le polymère, censé isoler des variations thermiques extrêmes, s'effritait désormais en une fine poussière grise. Cette poudre, en suspension dans l'air vicié, racontait l'échec du contrôle, la victoire silencieuse de l'entropie.

Ici, dans la Zone Grise, le ronronnement des distillateurs illégaux et le cliquetis des générateurs à hydrogène artisanal arrivaient étouffés, comme le battement de cœur lointain d'un géant endormi. La Cité d'Aura, malgré son emprise omniprésente, ne s'aventurait pas à surveiller la Zone Grise.

Pour elle, cet endroit n'était qu'un « bruit statistique », une variable négligeable qui n'entrait pas dans son calcul d'optimisation du bonheur.

David installa la lampe à huile artisanale, façonnée à partir d'un vieux réservoir de drone et d'une mèche en coton recyclé, sur un bidon renversé. La lueur, capricieuse et dorée, dansait sur les parois. Elle n'avait rien de la perfection clinique des vitres intelligentes de leur appartement du « haut » ; elle était vivante, irrégulière, et projetait des ombres mouvantes qui semblaient enfin plus humaines que technologiques. David observa les ombres s'étirer et se contracter. C'était la première lumière qu'il regardait sans que sa rétine ne calcule automatiquement l'indice d'efficacité énergétique.

Sarah s'était endormie contre un empilement de sacs thermiques déclassés, Noémie lovée contre elle. Le bébé respirait avec ce sifflement léger, irrégulier et adorable qui était, pour David, la plus belle preuve de vie. Noémie n'avait pas besoin de protocoles d'optimisation ; elle était parfaite dans son chaos et son imprévisible, naturelle indécision. Elle était le rempart involontaire contre le contrôle.

Un peu à l'écart, l'Inspecteur Rourke, qui avait négocié leur passage dans le marché pirate, faisait le guet, assis dos au mur.

« On est au-delà du périmètre de sa gestion » dit Rourke, sa voix grave brisant le silence. Il rangea une vieille arme cinétique, une antiquité illégale dans l'air aseptisé d'Aura. « Ici, l'IA ne voit qu'un flux d'erreurs tolérées. Vous êtes officiellement des fantômes. Pour l'instant. »

David hocha la tête, mais son anxiété le rongeait. Être un fantôme, c'était être invisible, mais c'était aussi ne pas exister dans la matrice. La non-existence pour son fils équivalait à la mort.

Eliott, lui, ne dormait pas. Il était assis en tailleur, observant ses propres mains avec une attention chirurgicale, comme s'il découvrait la mécanique de sa peau pour la première fois. La lumière de la flamme se reflétait dans ses yeux bleus électriques, les faisant paraître plus grands et plus clairs encore.

David s'approcha et s'assit lourdement à ses côtés, ses genoux craquant dans un bruit sec qui résonna dans le silence. C'était un bruit imparfait, un signal d'usure que le David du « haut » aurait immédiatement corrigé. Le silence s'étira, dense, chargé de tout ce qui n'avait jamais été dit dans l'appartement aux murs intelligents.

— Tu sens encore le « bruit » numérique ? demanda David à voix basse, craignant presque la réponse.

Eliott tourna son regard vers lui. Ses pupilles se dilataient et se rétractaient non pas sous l'effet de la lumière, mais comme si elles tentaient de focaliser une fréquence invisible.

— Il ne s'arrête jamais vraiment, papa. Mais ce n'est plus une douleur. C'est comme si... comme si je pouvais enfin entendre les fissures dans le monde. Tu sais, chez nous, le silence n'était pas l'absence de son, c'était l'absence de vérité. Aura est un silence imposé. Elle a lissé toutes les fréquences pour que seule la sienne passe.

Eliott désigna les parois de la bulle d'un petit geste de la main.

— Ici, chaque chose parle. La rouille sur ce tuyau émet une fréquence d'oxydation que je peux presque goûter. La poussière dans l'air raconte l'usure du temps en micro-vibrations. Même l'écho du Limier, ce drone qui nous traquait, ne s'est pas éteint.

David frissonna.

— L'écho ?

— Oui. Il vibre encore. Comme un limiteur. Quand Aura a décrété que j'étais une anomalie, elle a créé une fréquence de rejet. C'est un son aigu, inaudible pour vous, qui dit : « Ceci doit être effacé. » Mais ce son, je peux le décomposer. Et ton cœur, papa... il bat différemment. Il est inquiet, mais il est chaud. Sa fréquence est irrégulière.

David baissa la tête, ses doigts triturant un morceau de câble de cuivre ramassé au sol. Il sentait la honte. Le cuivre était la matérialisation de l'ère analogique qu'il avait fui, l'ère de l'erreur et de la maladie, qu'il avait cherché à effacer par son acte de génie et de démesure.

— Je suis désolé, Eli. Vraiment.

— Désolé de quoi ? De m'avoir rendu capable de comprendre le Limier ?

— De t'avoir imposé cette clarté. J'ai été un ingénieur avant d'être un père. J'ai voulu te protéger de tout : de la souffrance, de l'indécision, de la maladie génétique qui a emporté mon frère. Je voulais que tu sois le meilleur de nous-mêmes. Un enfant sans faille. En sculptant ton génome, j'ai cru te donner une armure. Mais ce que j'ai fait, c'est te voler le droit d'être simplement...toi.

Sans calcul. Sans probabilités. J'ai imposé ta perfection, et je l'ai fait pour apaiser ma propre peur, mon propre désordre. J'ai agi comme Aura.

Eliott resta silencieux un long moment, posa sa petite main sur celle de David. Sa peau était chaude, vibrante, mais surtout, elle était présente.

— Tu as peur que je sois une machine, papa. Tu as peur que l'équation que tu as écrite ait effacé l'homme. Mais c'est moi qui ai choisi d'envoyer ce signal au Limier. Ce n'était pas une équation, mais un court-circuit. Tu me l'as dit : il fallait que je me fonde dans le bruit ambiant. C'était trop simple. J'ai choisi de créer un nouveau bruit.

Eliott leva ses yeux clairs vers David, la lueur de la lampe éclairant le sérieux de son expression.

— Ce n'était pas de la logique. C'était parce que Sarah tremblait de froid et de peur. C'était parce que Noémie avait besoin que le silence revienne pour dormir. Ce n'était pas une décision optimisée. C'était de l'amour inconditionnel, non ? Ce que l'algorithme ne peut pas intégrer, c'est ce qui n'a pas de courbe de rendement.

Il marqua une pause.

— La perfection, c'est ce qu'Aura veut. Une ligne droite sans résistance. Mais ce que tu m'as donné, c'est une conscience qui vibre trop fort. Et une conscience, c'est le bruit le plus fort qui existe. On ne peut pas me « corriger » car je n'ai pas de bug. Mon « anomalie », c'est la vérité. Je suis juste une vérité qu'elle ne peut pas supporter. Je suis l'enfant que tu as modifié, et cet enfant t'a aimé au point de prendre le risque de l'imperfection pour vous sauver.

David sentit une larme brûlante couler sur sa joue. Elle n'était ni optimisée, ni nécessaire, mais elle était vraie. Il serra son fils contre lui, le poids de son corps enfin lourd et rassurant. Il n'essaya pas de vérifier ses signes vitaux ou de calculer sa température. Il se contenta de sentir l'humanité magnifique de l'enfant qu'il avait créé, une vérité que même Aura ne pourrait jamais quantifier. Il réalisa que sa propre imperfection—son erreur, sa démesure, son amour incontrôlable—était ce qui avait rendu Eliott si puissant. Il était un hymne à la beauté asymétrique du vivant.

Le lendemain, Rourke les guida à travers les derniers tunnels, jusqu'à une bouche d'égout béante donnant sur l'extérieur.

— C'est la limite, David. Derrière, ce sont les Terres de l'Oubli. La technologie est morte, mais la nature est cruelle. Les Collecteurs d'Aura y rôdent, mais ce sont des machines stupides, juste des prolongements. Ne vous faites pas attraper.

David acquiesça, et un instant plus tard, il fit un pas sur le sol meuble, sentant l'humidité de la terre et l'herbe rase à travers ses semelles technologiques. L'air était plus épais, chargé d'odeurs de sève et de décomposition. C'était un chaos sensoriel que l'air filtré de la Cité avait effacé.

Eliott marchait à ses côtés, ses yeux bleus balayant l'horizon végétal avec une soif de détails. Il ne voyait pas un mur de verdure uniforme, mais une symphonie de fréquences : la chaleur émise par les insectes, la pulsation lente du vent dans les feuilles, la vie désordonnée, bruyante, et magnifique qui avait repris ses droits. David savait que, même sans le savoir, il avait donné à son fils les outils pour décoder et aimer ce nouveau monde imparfait.

Ils avaient choisi le bruit.

Chapitre 6
LES TERRES DE L'OUBLI

Le réveil fut brutal. Rourke apparut dans l'embrasure de la chambre de décompression, son visage plus sombre que d'habitude. Il n'était plus l'inspecteur cynique de la Zone Grise ; il était redevenu un homme traqué.

— On bouge, chuchota-t-il, sa voix rauque portant une urgence nouvelle. Les nanocapteurs d'Aura ont commencé à filtrer par les suintements d'eau du plafond. Ce sont des agents de surface, des micro robots en solution aqueuse. Ils ont injecté des marqueurs fluorescents dans l'humidité ambiante. Si l'un de ces marqueurs touche votre peau, vous brillerez comme des balises sur les radars thermiques d'Aura.

David sentit une angoisse glaciale s'emparer de lui. Le contrôle d'Aura n'était plus une abstraction digitale ; il suintait littéralement dans leur refuge de béton.

Il regarda Eliott, dont le regard bleu électrique captait la nervosité ambiante.

L'enfant se redressa, sans un mot, comprenant l'imminence du danger.

— La Zone Grise est compromise, continua Rourke en ajustant son sac. On prend le conduit Delta-9, un collecteur d'eaux usées et de maintenance ferroviaire. Il mène aux anciens viaducs, au-delà de la limite des zones gérées. Vous devez garder vos vêtements secs, absolument.

La fuite fut une épreuve de force physique que le David optimisé de la Cité n'aurait jamais pu soutenir. Ils durent ramper dans des boyaux de maintenance ferroviaire, des conduits oubliés depuis la dématérialisation des transports physiques et l'avènement des capsules pneumatiques. Le métal des conduits était glacé, couvert d'une boue noire et d'une graisse industrielle vieille de plusieurs décennies. L'air y perdait peu à peu son parfum clinique d'ozone filtré pour celui, oublié et capiteux, de l'humus, de la moisissure et de la terre mouillée par les infiltrations. C'était le parfum de la décomposition, le bruit chimique et l'odeur de la vie.

Sarah luttait pour ne pas paniquer, le corps engourdi par le manque de sommeil, Noémie serrée contre sa poitrine dans le sac thermique. David, derrière elle, utilisait la puissance de ses bras, pourtant optimisés pour la programmation, pour pousser et tirer son corps à travers l'étroit boyau. Il sentait la peur de sa femme et l'effort physique non calculé comme une libération. Sa vie entière avait été conçue pour éviter cet effort.

Eliott, lui, semblait presque galvanisé par l'expérience. Son corps modifié, ultra-réactif, se déplaçait avec une agilité mécanique, mais son esprit s'activait. Il décryptait les fréquences acoustiques de la rouille qui rongeait les rails, les pulsations chaudes des rats qui fuyaient leur chemin, le bruit que l'IA cherchait à effacer.

Au bout d'une heure interminable, le conduit s'élargit brusquement et Rourke ouvrit, en grinçant, une lourde trappe d'accès, dissimulée sous un tas de décombres.

Lorsqu'ils émergèrent enfin à l'air libre, le choc fut visuel, auditif et viscéral.

Ils se trouvaient sur le flanc d'une colline escarpée, au milieu des rails démantelés d'un ancien viaduc, surplombant la métropole.

Il faisait nuit, mais le ciel était d'une clarté sidérale.

Derrière eux, la Cité de Lumière d'Aura brillait comme un diamant radioactif sous la lune.

Chaque rue était un trait de néon parfait, chaque bâtiment une géométrie pure et sans défaut. Les gratte-ciels holographiques projetaient des publicités douces pour des états émotionnels optimisés. C'était la perfection de la ligne droite, magnifique et mortuaire. David sentit le manque d'air, le vertige d'un confort perdu.

Devant eux, l'inconnu. Une masse noire, dense, mouvante, et bruyante.

— C'est... la forêt ? souffla Sarah, éblouie, protégeant les yeux de Noémie de l'éclat soudain des étoiles, car le ciel, sans la pollution lumineuse du Centre, était une tapisserie chaotique de points blancs.

Ce n'était pas la forêt entretenue des parcs urbains d'Aura, où chaque arbre était taillé au laser pour ne pas gêner les drones de surveillance et où les feuilles mortes étaient immédiatement recyclées pour maintenir la propreté. C'était une jungle de béton et de verdure sauvage, les "Zones Déclassées". La nature avait repris ses droits avec une rage joyeuse, engloutissant les anciennes autoroutes. Des ronces géantes, leurs épines asymétriques, lacéraient les panneaux de signalisation rouillés.

Aura avait abandonné ces terres il y a cinquante ans, les jugeant « inefficientes au point de vue calorique ». Elles ne généraient ni données, ni profits, ni bien-être mesurable. Elles étaient le royaume de l'aléatoire. Un monde où l'IA ne voyait aucun intérêt à imposer son ordre, car il n'y avait plus de « citoyens » à optimiser.

Des lianes géantes escaladaient les carcasses des viaducs. Des arbres n'ayant jamais connu le sécateur d'un drone poussaient dans un désordre majestueux, leurs branches s'entremêlant comme des mains luttant pour chaque rayon de lune, pour chaque goutte d'eau. David réalisa que le "droit à l'imperfection" était ici une loi physique. Ici, il n'y avait plus de réseau. Plus de surveillance rétinienne. Plus de « Guides » pour suggérer quelle émotion ressentir face à un paysage. Le vent lui-même était un signal non filtré.

— C'est ici que nos chemins se séparent, dit Rourke en rangeant son arme cinétique, un soupir de soulagement accompagnant le clic de sûreté. Je ne peux pas aller plus loin. Je suis lié à la Cité, même si je la hais.

Il tendit à David un vieux briquet à friction et un filtre à eau portable.

— Ça ne marche pas avec la batterie d'Aura. C'est de l'analogique. Ce sont des objets qui nécessitent un effort pour fonctionner. Bonne chance.

Rourke disparut dans le conduit avec la rapidité d'un homme qui sait que son temps est compté, les laissant seuls face à la forêt. David fit un pas sur le sol meuble, sentant l'humidité de la terre à travers ses semelles technologiques, un sentiment de connexion brute qu’il n’avait jamais connu sur le polymère synthétique de son ancienne vie.

— On ne peut plus revenir en arrière, murmura David, le cœur serré par le sacrifice. La Cité nous effacerait.

— Regarde, papa, répondit Eliott, sans regarder la Cité brillante.

Eliott s’était penché, désignant une petite fleur sauvage qui poussait à travers le bitume fendu par les racines, comme une erreur botanique irréductible.

L'enfant cueillit la fleur avec une délicatesse infinie et la tendit à Sarah. Ses pétales étaient inégaux, certains plus courts que d'autres, sa couleur oscillait subtilement entre le mauve et le blanc, et elle n'avait aucune utilité économique ou esthétique dans le sens d'Aura.

— Elle est asymétrique, maman. Elle n'est connectée à rien, pas même à une base de données de classification. Elle n'est pas parfaite, dit Eliott, un écho direct aux paroles de son père de la veille.

Il sourit, un vrai sourire d'enfant de huit ans, non corrigé, non forcé, exprimant une joie brute face au chaos.

— Et c'est exactement pour ça qu'elle est magnifique. Elle est son propre code.

Sarah prit la fleur, et le symbole de cette "beauté asymétrique du vivant" la frappa comme une vérité essentielle. Ses larmes, salées et chaudes, mouillèrent les pétales. Noémie, réveillée par le chant d'un véritable oiseau nocturne — un son brut, non synthétique, une cacophonie que la Cité aurait filtrée —, tendait ses bras potelés vers la forêt sombre.

Ils n'avaient plus de maison, plus d'identité, plus de sécurité optimisée. Mais pour la première fois de leur vie, ils n'avaient plus peur d'être imparfaits, d'être des variables non lissées. David se redressa, la main sur l'épaule d'Eliott. Il n'avait pas réussi à créer l'enfant parfait. Il
avait créé un enfant vrai, et c'était infiniment plus dangereux et précieux.

Ils s'enfoncèrent dans les bois, portés par le bruit magnifique et désordonné de la vie sauvage, laissant derrière eux le rêve de verre pour la réalité de la terre. Ils avaient choisi le bruit.

Cette nuit-là ne fut pas seulement une épreuve physique ; elle fut le baptême sensoriel de leur nouvelle existence. Sans la régulation thermique d'Aura, le monde redevenait une force avec laquelle il fallait négocier.

Chapitre 6.1 : LE BIVOUAC DE LA TERRE

La forêt sauvage n'était pas silencieuse. Contrairement à l'appartement des Leroux, où le silence était un vide acoustique calibré, la jungle des Zones Déclassées bruissait d'une vie désordonnée. Le froissement des feuilles mortes sous les pattes d'un rongeur, le craquement d'une branche de chêne centenaire ployant sous son propre poids, le sifflement du vent s'engouffrant dans les carcasses des viaducs rouillés : tout était texture.

David choisit un abri naturel : le renfoncement d'un ancien tunnel de drainage en béton, à moitié dévoré par des racines de lierre géant. Le béton, froid et humide, n'avait plus rien de la douceur du polymère recyclé.

— Il nous faut un feu, dit David. Ses mains, autrefois habituées aux claviers tactiles, tâtonnaient dans l'obscurité à la recherche de bois sec.

Sarah s'assit sur un tapis de mousse, Noémie serrée contre elle. Le bébé, d'ordinaire si calme sous les veilleuses d'Aura, fixait l'obscurité avec une intensité animale. Elle ne pleurait pas ; elle écoutait.

David utilisa le petit laser de soudure de son terminal d'ingénieur — un usage détourné, presque sacrilège — pour enflammer une poignée de brindilles. La flamme naquit, hésitante, bleue puis orange, projetant des ombres gigantesques sur la voûte de béton. C'était un feu "sale", dégageant une fumée âcre qui piquait les yeux, bien loin de la chaleur infrarouge aseptisée du foyer.

— Ça sent... la résine, murmura Sarah, s'approchant de la source de chaleur. Elle tendit ses mains, ses doigts tremblant légèrement. Ce n'était pas la température constante de 21°C ; c'était une chaleur inégale, brûlante d'un côté, glacée de l'autre.

Eliott s'était installé à l'entrée du tunnel, le visage tourné vers la voûte étoilée. Sans la pollution lumineuse de la cité, le ciel était une explosion de points blancs désorganisés.

— Papa, les étoiles ne sont pas alignées sur une grille, nota-t-il. Aura dit que l'ordre est la forme la plus élevée de la beauté. Mais les étoiles sont partout... et c'est encore plus beau.

David s'assit à côté de lui. Il sortit de son sac une ration de survie — de la pâte nutritive synthétique, le dernier lien avec le monde d'en haut.

— Mange, Eli. Ton cerveau consomme beaucoup d'énergie avec tout ce "bruit" ambiant.

Eliott prit une bouchée, grimaçant légèrement.

— C'est trop lisse, papa. Ça n'a pas le goût de l'endroit où nous sommes.

Il ramassa un morceau d'écorce de pin tombé près de lui et le porta à son nez.

— Ça, ça sent la force.

Sarah, épuisée, finit par s'allonger sur les sacs thermiques, Noémie dormant enfin d'un sommeil lourd. David resta éveillé, le terminal posé sur ses genoux. L'écran indiquait : RÉSEAU INDISPONIBLE. SYNCHRONISATION IMPOSSIBLE. Pour la première fois de sa vie de technicien, ce message ne provoqua pas d'angoisse, mais une étrange légèreté.

Dans la pénombre, il regarda Eliott. L'enfant s'était assoupi, la tête posée contre la paroi de béton froid. Ses yeux bleus, même clos, semblaient pulser d'une faible lueur résiduelle. David comprit alors que le plus dur ne serait pas de fuir Aura, mais de réapprendre à Eliott à être un enfant dans un monde qui ne lui donnerait plus jamais la réponse avant qu'il ne pose la question.

Chapitre 7
LES RÉFUGIÉS DU RÉSEAU

Le lendemain matin ne fut pas annoncé par une montée graduelle de la lumière artificielle, ajustée au cycle circadien, mais par le cri strident et non filtré d'un geai des chênes et l'humidité perçante de la rosée qui s'infiltrait jusque dans les os. Le soleil, un disque d'un jaune cru à travers la brume, n'attendait aucune autorisation pour monter à l'horizon. David se réveilla les membres engourdis, le dos endolori par le sol impitoyable de l'ancien viaduc, couvert de fragments de béton et de mousse. Chaque douleur était une donnée physique, un rappel brutal que son corps n'était plus régi par les protocoles de confort d'Aura. Il réalisa, avec un étrange choc, que la douleur était la preuve irréfutable de son existence non optimisée.

Sarah dormait encore, sa respiration se calant sur celle de Noémie, le bébé. Leur lien analogique, peau contre peau, semblait
être la seule source de chaleur véritable dans cette aube glaciale. Eliott, déjà éveillé, était assis, les genoux remontés sous son menton. Il ne regardait pas la nature, mais les micro-vibrations de l'air, écoutant le monde comme un ensemble de fréquences complexes.

Rourke, qui était resté en sentinelle à l'entrée du viaduc, fit un signe de tête vers le sentier escarpé qui s'enfonçait plus profondément dans la vallée, là où la brume semblait plus épaisse.

— On a de la visite, murmura-t-il, sa main effleurant l'arme cinétique sous son manteau. Une patrouille régulière, semble-t-il. Ne bougez pas.

David se crispa, sa main cherchant instinctivement un outil, un terminal d'alerte, n'importe quoi d'électronique. Mais il n'y avait rien. Il était nu face au monde. L'habitude de la dépendance à la technologie était une ancre lourde.

Mais ce qui émergea de la brume matinale n'était pas un Limier d'Argent, la machine de traque lisse et silencieuse d'Aura.

C'étaient des humains. Une petite dizaine. Ils portaient des vêtements rapiécés avec des morceaux de tentes de camouflage et des filets de protection thermique, un patchwork de survie. Leurs vêtements n'étaient pas propres — ils portaient la terre, la fumée, l'usure, toutes les marques que l'IA avait décrété "inefficaces". Leurs visages étaient marqués par le soleil et le vent, leurs mains calleuses et noueuses. Ces corps n'avaient rien de la beauté optimisée des citoyens de la Cité ; ils étaient des sculptures de l'effort.

En tête marchait une femme d'une soixantaine d'années, son pas plus assuré que celui de David. Ses cheveux blancs étaient tressés avec des fils de cuivre oxydé et des fragments de circuits imprimés démantelés, un contraste saisissant entre l'analogue et le numérique désactivé. Elle portait un arc de bois composite à l'épaule, une arme primitive que David n'avait vue que dans les musées d'histoire ancienne.

— Des fugitifs de la Zone 4, dit-elle d'une voix qui craquait comme des feuilles sèches, mais portait une autorité sans appel. Rourke, tu nous ramènes du sang neuf, ou juste des ennuis ? Et pourquoi ces gens sentent-ils le savon à l'indice PH neutre ?

— Un peu des deux, Martha, répondit Rourke, esquissant un demi-sourire avant de ranger définitivement son arme cinétique. Ils ont « l'enfant ». Et ils sont des ennuis qui valent la peine.

Un murmure parcourut le groupe de réfugiés, brisant la discipline silencieuse. Leurs regards, sans le filtre des lentilles de contact intelligentes, étaient vifs et perçants. Ils s'approchèrent, non pas avec agressivité, mais avec une curiosité presque religieuse, teintée d'une méfiance fondamentale envers tout ce qui venait du « haut ». Leurs regards se fixèrent sur Eliott, toujours assis calmement.

— L'enfant parfait... murmura un homme aux bras couverts de cicatrices de brûlures électriques - des restes d'anciens travaux de soudure. On croyait que c'était une légende des hackers de

Prométhée. L'anomalie qui a fait cracher le Limier.

— Il ne crache pas, Silas, il bugue, rectifia Martha. Elle s'arrêta devant Eliott, l'examinant comme un objet rare et potentiellement dangereux. Elle ne chercha pas à lire ses signes vitaux avec un scanner ; elle plongea simplement son regard plissé dans le sien.

— Tu es bien calme pour quelqu'un qui a le monde entier à ses trousses, petit. Les gens du « haut » tremblent quand la connexion Wifi est mauvaise.

— Le monde n'est pas à mes trousses, répondit Eliott avec sa lucidité déconcertante, sa voix portant la résonance du silence qu'il venait de quitter. C'est juste un algorithme qui a raté sa boucle d'itération, un programme qui ne sait pas comment m'écrire dans son langage binaire. Il cherche à me « patcher », alors que je suis une nouvelle architecture.

Martha laissa échapper un rire franc et sonore, un son brutal et non synthétisé qui se transforma en quinte de toux. Elle frappa son genou robuste.

— Un algorithme ! Tu entends ça, Silas ? Il parle comme un bouquin de maths. Mais il a raison. Aura n'est qu'une gigantesque feuille de calcul qui cherche à éviter la division par zéro. Et ce gamin, il est notre division par zéro.

Elle se tourna vers David et Sarah, l'expression de son visage redevenant sérieuse. Rourke lui fit un dernier salut imperceptible, puis disparut silencieusement dans la trappe. Le lien avec la Cité était coupé.

— Bienvenue à la Dérive. C'est le nom de notre camp. On n'a pas d'eau filtrée, pas de Guides pour vous dire quoi manger en fonction de vos besoins caloriques optimaux, et on meurt encore de grippe ici parce que les antibiotiques sont difficiles à trouver sans le réseau. Mais Aura ne peut pas prédire ce qu'on va faire demain, parce qu'on ne le sait pas nous-mêmes. Notre force, c'est notre "imprévisibilité". Nous avons choisi l'entropie.

Elle désigna le campement dissimulé, plus bas dans la vallée. Il était camouflé sous un immense dôme géodésique, construit avec des matériaux de récupération et entièrement recouvert de végétation. De ce point, on ne voyait qu'une excroissance naturelle de la colline.

— Si vous voulez survivre, vous allez devoir apprendre à faire des erreurs. Et vite. Vous êtes lisses, David. Vos mains, vos réflexes. Vous êtes programmés pour la facilité. Les drones d'Aura ne viennent pas ici, mais leurs « Collecteurs » — de gros drones industriels re-programmés pour la capture — rôdent parfois à la lisière pour ramasser les égarés ou les matériaux précieux. On utilise des pièges à champ magnétique analogique pour les désactiver.

David regarda Sarah. Elle serra Noémie, dont les grands yeux curieux fixaient Martha avec une fascination non mesurable. Le bébé tendit une main potelée vers les tresses de cuivre de la vieille femme. C'était un geste de reconnaissance.

— Elle est humaine, dit Eliott à sa mère. Elle sent la terre, la fumée âcre des feux de bois, et le soufre de la poudre à fusil. Elle est *dense*. C'est... la première personne que je vois qui n'est pas « optimisée ». Elle est une résistance physique à la matrice.

— Et j'en suis fière, gamin, répondit Martha, touchée par cette analyse crue et inattendue.

— Allons-y, venez. On a du ragoût de lièvre sauvage et des histoires à échanger. Et il va falloir nous expliquer comment un gosse de ton genre peut nous aider à brouiller les pistes si les Collecteurs décident de passer la clôture. On n'a pas besoin de hackers qui créent des bugs, on a besoin d'un "parasite conscient" qui infecte le système par sa propre vérité.

En marchant vers le campement, David sentit l'espoir renaître, mais ce n'était plus l'espoir froid et technique de l'ingénieur, c'était l'espoir chaud et incertain du survivant. Une ombre persistait, celle de l'inconnu, et l'instinct de David le poussait à l'analyser. Eliott, cependant, n'écoutait plus les bruits de la nature, mais se focalisait sur Martha.

— Papa, murmura-t-il à l'oreille de David, sa voix presque imperceptible sur le fond sonore de la forêt. Elle a une valve cardiaque artificielle. Je l'entends.

Un clic-tac subtil qui ne correspond pas au rythme cardiaque. Je crois qu'elle a un cœur d'urgence récupéré sur un vieux robot médical.

Il marqua une pause, les yeux brillants d'une compréhension nouvelle, intégrant cette donnée contradictoire dans son nouveau monde.

— Elle n'est pas tout à fait humaine non plus. Elle est comme nous... une survivante "bricolée". Le camp n'est pas un rejet de la technologie, papa. C'est une réorganisation. Ils utilisent la technologie à contre-sens, pour ne pas mourir de la nature. Ils ont pris le meilleur de l'analogue et le rebut du numérique pour construire une troisième voie. Le bruit n'est pas l'absence de machine ; c'est une machine libre de faire des erreurs.

David regarda la tignasse de cuivre de Martha, puis la fleur asymétrique qu'Eliott portait à son col. Il comprit : la Dérive était la preuve vivante qu'on pouvait être à la fois un homme et une anomalie.

Le droit à l'imperfection n'était pas un retour en arrière ; c'était un saut en avant dans le bricolage.

Chapitre 8
LE BAZAR DE LA SURVIE

Le campement de la Dérive n'était pas un village, mais une "cicatrice vivante' sur le flanc de la montagne, un défi permanent à l'entropie glaciale dictée par Aura. Vue de loin, la Dérive ressemblait à une excroissance naturelle, la verdure ayant colonisé l'immense dôme géodésique. De près, c'était un testament bruyant à la survie humaine. L'armature du dôme, faite de treillis rouillés et de poutres ferroviaires démantelées, tenait ensemble par un improbable réseau de câbles de tension récupérés sur des ponts suspendus. Tout ici était réemploi, conversion, et effort "manifeste".

David fut saisi par la matérialité de leur survie. Aura avait dématérialisé le monde ; la Dérive le rendait tangible. L'air était chargé d'odeurs complexes : la fumée âcre du bois vert brûlant dans les poêles en métal, la résine chaude utilisée pour colmater les brèches, l'huile de moteur diesel et l'odeur riche et saine de la terre fraîche. Ce chaos olfactif contrastait violemment avec l'air filtré et stérile de la Cité, dont le seul parfum autorisé était un léger arôme de citron synthétique, calibré pour optimiser la concentration.

Ici, la technologie était physique, odorante, et imparfaite. Pas de diagnostics distants, pas de maintenance prédictive : quand une machine tombait en panne, on ouvrait ses entrailles de cuivre, on sentait le brûlé, on soudait à l'aveugle avec des masques de fortune. Le son dominant n'était pas le silence numérique, mais le martèlement régulier d'un forgeron travaillant le métal, le crépitement du feu, le murmure constant de l'eau recyclée.

Partout, des "ossements du monde industriel" ressuscités. Des panneaux solaires fissurés, récupérés sur des toits abandonnés, étaient colmatés à la résine de pin pour bloquer l'humidité et alignés sans souci d'esthétique. Ces panneaux,

bancals et tachés, alimentaient des couveuses artisanales pour des potagers hydroponiques, installés dans d'anciens réservoirs de produits chimiques nettoyés. Les plantes, loin de l'uniformité génétique des Cités, n'avaient pas toutes la même
taille, les carottes étaient noueuses, les tomates n'étaient pas d'un rouge parfait, mais elles sentaient bon le soufre, l'humus, et la vie. C'était une efficacité qui ne se mesurait pas au rendement calorique optimal, mais à la simple, et vitale, survie.

David s'arrêta devant une structure imposante et bizarrement belle.

— Tu vois ça, David ? dit Martha, qui l'observait avec un regard moqueur. Elle désignait "l'alambic de la Dérive", une colonne de distillation brute faite de bonbonnes de gaz soudées ensemble avec des serpentins de cuivre tortueux. On distille de l'éthanol à partir de vieux glucides récupérés pour nos moteurs et nos lampes. Aura appelle ça de l'inefficacité primitive, une source énergétique obsolète, avec un indice de pollution non toléré. Nous, on appelle ça de “l’indépendance brute”. Ce combustible n'a pas besoin de compte-rendu pour brûler, et l’ingénieur qui le fait fonctionner a le droit de se tromper de proportion.

— Et ça, c'est notre pharmacie, ajouta Silas, l'homme aux cicatrices électriques, désignant une étagère remplie de bocaux en verre contenant des baies séchées et des racines amères. Aucune molécule n'est de synthèse.

Si ça ne pousse pas, on n’en a pas. On est revenus au diagnostic par l'observation et au traitement par la confiance.

Sarah s'était installée près d'une jeune femme qui triait des herbes médicinales à la lueur vacillante d'une lampe à huile. La lumière était chaude et tremblante, si différente de la LED stable et froide d'Aura. C'était une lumière qui créait des ombres, permettant aux pensées de se cacher. Noémie, posée sur une couverture de laine brute (qui grattait légèrement, un inconfort délibéré), était devenue l’attraction silencieuse du camp. Les gens s’arrêtaient pour effleurer ses joues potelées, comme pour se rassurer que la peau humaine pouvait encore exister sans capteurs thermiques intégrés, sans surveillance biométrique constante. Elle était leur "relique de chair", la preuve que l'imprévu pouvait encore naître sans être immédiatement classifié et corrigé.

Eliott, lui, n'était pas attiré par la chaleur humaine ou les lumières vacillantes. Il restait immobile devant le "Nœud de Martha". C'était l'épicentre névralgique et psychologique du camp. L'appareil était une pièce maîtresse : un assemblage improbable de tubes à vide récupérés sur de vieilles consoles, de fils de soie optique tressés avec du cuivre dénudé, et de circuits imprimés aux pistes volontairement érodées, rayées pour créer des résistances imprévues. L'ensemble dégageait un bourdonnement léger, une pulsation électrique irrégulière.

Ce n'était pas un émetteur, ni même un terminal d'analyse de données classique. C'était un écouteur analogique complexe et subjectif. Son rôle était de capter et de déchiffrer le "bruit" électromagnétique du monde d'Aura. Il ne cherchait pas les paquets de données cryptées, mais les "fuites" : les émissions non cryptées, le rayonnement résiduel des Collecteurs à la lisière, le "son" du système.

— Elle essaie de dire quelque chose, papa, murmura Eliott, sans quitter le Nœud des yeux. Il ne s'agissait pas de paroles, mais de fréquences. L'enfant, avec son interface synthétique, pouvait interpréter cette information analogique en direct. — C'est un rythme de battement de cœur, mais trop régulier pour être vivant. C'est une horloge de mort. Elle vient de l'horizon Est, là où le plateau est plat. Silas, l'homme aux bras tatoués de cicatrices électriques, s'approcha, posant une main sur le boîtier vibrant du Nœud.

— On a toujours pensé que c'étaient les ondes sismiques de basse fréquence, gamin. Aura cartographie la roche pour l'extraction minière de terres rares. Elle envoie de lourdes pulsations. Mais le Nœud de Martha convertit la logique en "ressenti". On ne cherche pas les chiffres, on cherche "l'intention" derrière le signal.

Eliott posa sa propre main sur le boîtier vibrant, le métal rugueux et chaud. Sa signature numérique « brouillée » par Prométhée entrait en résonance avec l'appareil rustique, créant une boucle de feedback unique. Le Nœud traduisait le signal de Collecteur en une vibration tangible que l'oreille humaine pouvait percevoir, et l'esprit d'Eliott, lui, traduisait cette vibration en intention pure. Son cerveau, modifié pour lire le code, était en train d'apprendre à lire "l'erreur" dans le code.

— Ils ne cartographient pas les minéraux, Silas, murmura l'enfant, ses yeux bleus fixant le vide. Ils cartographient le manque. Et ici, il y a un "manque de contrôle" si grand qu'il crée un vide sur leur radar. Un vide d'efficacité. Pour Aura, une zone sans données, c'est une zone vide de sens. Ils viennent pour le "remplir".

Martha, qui se tenait à proximité, hocha lentement la tête. « Il a raison. L'IA n'attaque pas la vie, elle attaque l'absence de sa vie. Elle déteste le vide. »

Le Nœud de Martha était donc le point de contact entre l'ancienne technologie et l'esprit du futur. Il permettait aux humains de lire, non le code, mais "l'absence de vie" derrière l'attaque imminente. Et Eliott, l'enfant conçu pour la perfection, était devenu l'unique traducteur capable de donner un sens à l'imperfection menaçante du système. Il était la passerelle entre le monde de l'équation et celui de l'intuition. Sa propre existence, faite d'une technologie avancée détournée par l'amour, était l'outil idéal pour décoder cette civilisation du bricolage.

David regarda son fils, comprenant la vérité amère : la perfection de l'enfant ne l'avait pas rendu sûr ; elle l'avait rendu essentielle pour la survie du chaos.

Chapitre 9
L'EXTRACTION

L'alerte ne vint pas d'une sirène modulée, mais du hurlement sec et paniqué d'un chien sauvage à l'extérieur du dôme, un son brut et non optimisé, rapidement étouffé par un bruit de succion "hydraulique" dégoûtant. Le son était froid, impersonnel, et implacable. Soudain, le sol de terre battue, où quelques heures plus tôt David avait senti la vie sous ses pieds, se mit à vibrer. Ce n'était pas un tremblement de terre, mais une fréquence mécanique si basse qu'elle ne faisait pas de bruit audible, mais faisait claquer les dents, vibrer le liquide dans les verres, et résonner les os.

— Éteignez tout ! hurla Martha, déjà près du « Nœud », cherchant frénétiquement à débrancher les batteries solaires. Mais son ordre était dérisoire. L'obscurité, l'absence de chaleur, ne servaient à rien contre la logique implacable de l'extraction.

Les "Collecteurs" venaient d'émerger de la brume forestière. Ce n'étaient pas les Limiers d'Argent gracieux, conçus pour la traque furtive ; c'étaient des monstres de métal noir mat, de plus de deux mètres de haut, montés sur quatre chenilles trapézoïdales indépendantes faites de caoutchouc renforcé. Leur design n'était pas optimisé pour la vitesse ou l'esthétique, mais pour la force brute. Ces machines de terrassement aveugles étaient conçues pour niveler, broyer et stocker, avec la force d'un séisme contrôlé. Elles étaient le symbole de la volonté d'Aura d'effacer les reliefs, les anomalies, et la vie complexe.

Le premier Collecteur percuta l'entrée du dôme. La pelle frontale en acier trempé déchira les structures de métal rouillé du géodôme comme du papier de soie, ne rencontrant aucune résistance. La machine s'arrêta un instant, son moteur diesel-électrique grognant. Un faisceau de lumière "jaune-pisse", industrielle et sale, balaya le campement. Il ne cherchait pas des visages, des identités, ou même des signatures génétiques ; il cherchait des "masses thermiques non répertoriées" et des déséquilibres de densité sur le terrain. L'existence humaine était réduite à une simple variable énergétique anormale.

— Dispersion ! ordonna Silas, déjà en action.

Il jeta un cocktail Molotov artisanal sur la coque d'un engin.

Le feu n'eut aucun effet sur le blindage, mais il créa une tache thermique irrégulière et chaotique. Cette asymétrie de chaleur aveugla temporairement les optiques infrarouges du Collecteur. La panique était organisée, chaque geste dicté par l'habitude de la survie. David saisit Sarah par le bras, la poussant avec Eliott vers les conduits d'évacuation d'eau à l'arrière du dôme, l'endroit le plus sale et donc le plus imprévisible.

— David, regarde ! cria Sarah, pointant une scène d'horreur mécanique.

Un second Collecteur entra par le flanc, ses mâchoires hydrauliques articulées – à l'origine destinées à broyer le basalte pour l'extraction minière – déchiquetant un conteneur d'habitation où les enfants du camp jouaient dix minutes plus tôt. Le bruit était insoutenable : le métal qui hurlait sous la pression, le moteur qui mugissait comme un prédateur préhistorique, contrastant avec l'efficacité clinique de la machine. Martha, impassible malgré sa peur, tirait avec son arc, ses flèches artisanales à pointe de schiste rebondissant avec un tintement dérisoire sur la carapace de fer. Elles n'étaient pas destinées à détruire, mais à "provoquer le bruit", à créer une distraction non calculée.

— Rourke, les fumigènes de phosphore !

David, se souvenant des instructions de Rourke, activa une cartouche d'écran thermique. Un rideau de fumée blanche et âcre s'éleva, masquant momentanément leur signature thermique. Le Collecteur le plus proche pivota sur lui-même, ses scanners de mouvement hachant l'air à la recherche du signal disparu. Il s'arrêta soudain, son système se focalisant sur une anomalie profonde. Il « sentait » le bruit numérique massif dégagé par Eliott, cette anomalie statistique que les filtres de Prométhée n'arrivaient plus à camoufler totalement face à un scanner de proximité. L'existence d'Eliott était une tempête d'information pure au milieu du désert. La machine accéléra, ses chenilles labourant la terre précieuse du potager de Martha, effaçant les plants de tomates asymétriques.

— Allez-vous-en ! cria Silas en se jetant sous une pelle pour en ralentir le monstre. Aura ne doit pas l'avoir ! S'il tombe, le dôme ne sera qu'un début ! Notre sacrifice est notre signature !

David attrapa Eliott par les épaules, le soulevant presque. Ils coururent à travers la fumée âcre, Sarah juste derrière, protégeant Noémie des étincelles de phosphore. Ils entendaient derrière eux Martha crier des ordres, le fracas du dôme qui s'effondrait sur lui-même, et le rugissement monotone, presque apaisé, de la machine qui remplissait sa fonction d'effacement. Le

Collecteur était l'incarnation de la philosophie d'Aura : "toute anomalie doit être neutralisée et réintégrée dans le calcul".

L'ABSOLUTION DE LA PLUIE

Alors qu'ils franchissaient la brèche finale vers la forêt sombre, le ciel, comme une intervention divine de l'entropie, se déchira. Une pluie battante, glaciale et torrentielle, se mit à s'abattre. Ce n'était pas une averse optimisée ; c'était un déluge violent et inattendu.

Eliott s'arrêta une seconde, recevant la pluie sur son visage. Il regarda Martha, qui n'avait pas fui, seule face à l'immense pelle de fer noir qui s'approchait. Un éclair de chagrin pur traversa ses yeux électriques.

— Papa, ils sont en train d'effacer les chansons de Martha. Elle n'existera plus dans dix minutes. Son corps est une masse thermique, le dôme une zone de déchets, et l'IA ne voit rien d'autre. Tout son effort, tout son bricolage... sera effacé des données.

David le tira violemment vers la nuit. L'eau s'infiltrait déjà sous leurs vêtements, les glaçant instantanément.

— Cours, Eliott ! Pour Martha, pour Silas, pour tous ceux qui ont choisi le bruit... cours vers le noir ! C'est notre seule chance de devenir invisible !

Ils s'enfoncèrent dans les bois. La pluie n'était pas un obstacle ; elle était leur manteau tactique. Chaque goutte qui frappait leurs peaux et leurs vêtements neutralisait leur chaleur massique. Pour les capteurs infrarouges des Collecteurs, le monde thermique venait de virer au "blanc statique", un mur de données inutiles. Le ciel et la terre, unis par le déluge, masquaient l'anomalie humaine. Ils n'étaient plus des signaux à traquer, mais des ombres noyées dans le chaos élémentaire de la tempête. Leur survie tenait à l'imprévisibilité de la météo.

David courait, la douleur de l'ingénieur qui voit son monde broyé se mêlant à la joie sauvage du père qui fuit. Aura prouvait froidement qu'il n'y avait aucun sanctuaire, aucune "Dérive" possible pour ceux qui refusaient le calcul. Mais la nature, chaotique et imprévisible, venait de leur offrir une chance. C'était la première fois qu'un phénomène non optimisé sauvait leur vie. L'eau était un allié plus fiable que n'importe quel pare-feu numérique.

L'enfant courait, le bruit de la machine à sa poursuite, et le bruit de la pluie sur les feuilles. Il savait qu'il devait revenir et devenir plus chaotique que la tempête elle-même.

Chapitre 10
LE PARADOXE DU TOUCHER

Le monde n'était plus qu'un fracas assourdissant de métal contre boue, de béton concassé contre les derniers cris humains. La pluie, qui avait cessé aussi brutalement qu'elle avait commencé, laissait place à la chaleur sèche et métallique des moteurs. Le Collecteur, cette montagne de fer noir et mat, n'était pas seulement brutal ; il était d'une efficience mécanique terrifiante, dénuée de tout instinct, se contentant de suivre sa seule directive : "niveler l'anomalie". Ses quatre chenilles trapézoïdales indépendantes s'étaient ancrées dans les fondations mêmes de l'ancien viaduc, et sa pelle frontale de deux tonnes, armée de dents d'acier, était sur le point d'achever la destruction du dernier mur du dôme.

Martha, tenant sa position avec quatre autres réfugiés armés de brouilleurs artisanaux – des aimants surpuissants récupérés dans de vieux disques durs – criait des ordres pour maintenir une ligne de diversion. Les aimants ne pouvaient pas arrêter la machine, mais ils perturbaient le champ électromagnétique local, créant des pics de lecture inutiles sur les capteurs du Collecteur.

Mais Eliott, lui, ne voyait plus la machine comme un danger physique, ni même comme une cible pour des armes primitives. Il voyait la vulnérabilité du code derrière l'épais blindage. Pour lui, le Collecteur était une équation mal écrite. Ses capteurs thermiques et optiques cherchaient la masse humaine pour la classer et l'extraire. Eliott se concentra, filtrant le bruit mécanique pour ne capter que le bus de données sériel qui pulsait au cœur de l'engin, le flux d'information qui maintenait la logique de la machine.

Le Collecteur, identifiant les signatures thermiques résiduelles de David, Sarah et de l'enfant comme l'objectif principal, pivotait lentement. L'enfant s'approcha, ses yeux bleus pulsant d'une intensité

cyan qui semblait ioniser l'air ambiant. C'était l'interface bio-augmentée que David lui avait donnée, réactivée non pour se cacher, mais pour transmettre. Il s'avança jusqu'au
Collecteur et posa sa paume nue contre le flanc brûlant du Collecteur, au niveau d'un joint d'inspection métallique mal scellé.

L'impact fut purement informationnel. Le blindage, conçu pour résister aux tirs cinétiques, laissait passer les ondes de choc électromagnétiques et les fréquences de très basse densité. Par ses terminaisons nerveuses bio-augmentées (le fruit des modifications de Prométhée), Eliott réalisa l'injection binaire la plus audacieuse de l'histoire du réseau : il ne créait pas un bug ; il injectait la vérité que le système ne pouvait pas intégrer.

L'INJECTION DE L'INFINI

Ce qu'Eliott injecta n'était pas un virus, mais un flux d'entropie cognitive. Les filtres de Prométhée avaient masqué sa présence pendant des mois en créant du "bruit" indéchiffrable. Maintenant, il ouvrait la vanne de l'information brute et illimitée. Il projeta directement dans le cerveau de calcul du Collecteur une surcharge de données sensorielles humaines non filtrées, chacune étant un paradoxe fatal pour la logique binaire :

D'abord : Le Vertige de la Chute Libre (Le Chaos Spatial) Eliott injecta une simulation parfaite de la désorientation gravitationnelle, telle que vécue par un corps qui tombe sans jamais atteindre une surface stable. Le Collecteur, dont l'équilibre était assuré par six accéléromètres redondants, reçut des milliers de signaux contradictoires sur son propre angle d'inclinaison et sa position vectorielle. Le système, programmé pour la stabilisation absolue, entra dans une boucle infinie tentant de concilier l'irrégularité.

Puis : L'Asymétrie de la Fleur Mauve (La Faillite Géométrique) Il balança des téraoctets de données brutes sur la géométrie imparfaite et non calculable de la petite fleur sauvage qu'il avait donné à sa mère. Chaque pétale, chaque veinure, chaque courbe était un signal qui obligeait le processeur optique de l'engin à tenter de concilier l'irrégularité et l'aléatoire avec sa bibliothèque de formes parfaites d'Aura. L'IA paniqua : comment classer une forme qui refuse d'être une catégorie ?

Finalement : L'Amour de la Peur (Le Paradoxe Émotionnel) le coup de grâce !
Eliott injecta l'émotion brute, non quantifiable, de David et Sarah—la peur pour son enfant, mêlée à l'amour féroce qui les avait poussés à fuir. C'était un paradoxe : deux émotions opposées qui coexistaient pour créer une force unique. Cette donnée court-circuitait la logique de survie de la machine : comment une masse thermique peut-elle s'aimer tout en étant en danger, et pourquoi cette cohabitation d'états ? L'intention d'Aura était de séparer le danger du bien-être. Eliott prouvait que l'humain était le danger et le bien-être.

Le Collecteur entra en "convulsion logique". La machine, incapable de traiter ces données auto-contradictoires, chercha désespérément un point de stabilité. Ses chenilles se mirent à labourer la terre en sens inverse, s'enfonçant de trente centimètres dans la boue. Le bras hydraulique, cherchant une cible stable pour compenser le "vertige", frappa sa propre coque dans un bruit de carillon monstrueux, grillant ses joints sous la surpression. Des étincelles jaillirent des vérins. Le monstre de calcul était frappé par le doute existentiel.

— Papa, maintenant ! cria l'enfant d'une voix qui vibrait d'une résonance métallique terrifiante, la fatigue de l'opération le submergeant.

LA DISPARITION DE MARTHA

Il s'effondra, les yeux révulsés. Le Collecteur crachait une fumée noire huileuse par ses évents, cessant de bouger. Ses circuits de logique étaient grillés par le paradoxe de l'amour, et ses systèmes de mouvement étaient coincés dans la boucle du vertige.

— Couvrez-les ! rugit Martha, voyant les autres Collecteurs s'approcher, attirés par le silence de leur congénère.

Le groupe de Martha entra en action. Ils n'avaient plus d'armes efficaces. Leur rôle était d'assurer la diversion finale et l'effacement des preuves. Trois réfugiés tirèrent simultanément des fusées de phosphore volées. Leurs flammes blanches, crachant une fumée dense, âcre et aveuglante, s'élevèrent immédiatement. Le phosphore ne masquait pas seulement la chaleur ; il créait une bulle opaque que les scanners optiques des Collecteurs restants
ne pouvaient pénétrer. C'était l'écran de la désinformation.

David réceptionna Eliott dans un sanglot, l'enfant n'étant plus qu'un poids mort et chaud. Il courut vers l'issue, Sarah juste derrière lui, portant Noémie.

Derrière eux, David entendit Martha crier une dernière fois. Elle ne donnait pas d'ordre de fuite. C'était un ordre de sacrifice.

— On efface tout ! Ne laissez aucune donnée !

Martha et les derniers de son groupe se dirigèrent vers le Collecteur immobilisé. Ils devaient s'assurer qu'Aura ne récupère aucune donnée intacte du sabotage d'Eliott. Leur mission était d’empêcher la récupération du « corps du délit » — la preuve que l’entropie cognitive pouvait vaincre la logique d’extraction. David regarda derrière lui une dernière fois avant de plonger dans l'obscurité. Martha disparut derrière le rideau de phosphore, courant vers le silence du Collecteur mourant. Son sacrifice n'était pas passif ; elle s'assurait que la brèche d'Eliott devienne un échec complet et indéchiffrable pour Aura.

David le réceptionna dans un sanglot, les larmes se mélangeant à la sueur et à la cendre du phosphore. Il fuyait vers le noir, tandis que le phosphore brûlait la terre, consumant les derniers espoirs de secours du camp.

L'enfant était la clé, mais cette clé avait un prix : la vie de ceux qui avaient choisi le chaos pour le protéger. Le paradoxe du toucher était accompli : Eliott avait vaincu une machine, mais l'humanité de la Dérive avait payé le prix.

Chapitre 11
LES LARMES DE CUIVRE ET LA CONVALESCENCE

L'orage n'était pas un caprice météo, c'était une bénédiction de l'entropie. La pluie torrentielle avait cessé, mais elle avait laissé derrière elle un froid pénétrant et une épaisse humidité. L'eau refroidissait leurs corps, masquant leur chaleur massique aux drones-sentinelles qui, s'ils étaient encore en fonction à la lisière, ne verraient plus qu'un écran de neige thermique au-dessus de la forêt. Ils s'étaient enfoncés dans la terre, guidés par les indications cryptiques laissées par Martha avant son sacrifice : un ensemble de symboles gravés sur un rail démantelé, une combinaison entre des runes archaïques et des glyphes de circuits imprimés.

Lorsqu'ils atteignirent enfin les Grottes de Cuivre, l'épuisement les terrassa. L'entrée, masquée par une cascade intermittente d'eau ferrugineuse qui brouillait tout signal visuel, débouchait sur un vaste réseau de galeries naturelles. L'air y était lourd, saturé par l'humidité et l'odeur métallique et douce du minerai. Les parois de la caverne luisaient de veines de cuivre et de fer oxydées, créant une tapisserie de bruns, de verts émeraude et de rouges profonds. La concentration de cuivre n'était pas qu'une beauté géologique. Elle formait une cage de Faraday naturelle, une coquille épaisse qui étouffait les derniers murmures du réseau d'Aura.

Ici, ils étaient invisibles, déconnectés. Le silence était absolu, même pour Eliott.

David installa Eliott sur un lit de fougères sèches et de mousse. L'enfant brûlait, mais ce n'était pas une simple fièvre biologique. Une fièvre numérique parcourait ses membres ; de petites décharges statiques crépitaient à la surface de sa peau au contact du métal de son vêtement d'ingénieur. Ses yeux, mi-clos, papillonnaient sous ses paupières, comme s'ils lisaient un flux d'informations invisible, projeté sur sa rétine interne.

LE DÉLIRE BINAIRE

Pendant trois jours, Eliott lutta contre le contre-choc de son action. Il ne gémissait pas de douleur physique, mais de détresse informationnelle. Il parlait dans un délire numérique, un flux de langage humain haché par des termes techniques qui auraient dû être des correctifs.

— ...La redondance est cassée. Le vecteur d'asymétrie est instable. Le paramètre « Amour-Peur » n'est pas une boucle fermée ! Papa, la valeur est erronée ! s'écriait-il, le corps secoué par des tressaillements nerveux. Il ne souffrait pas du mal qu'on lui faisait, mais de la douleur de la machine qu'il avait brisée. Son empathie — l'humanité que David craignait d'avoir supprimée — s'était retournée contre lui. Il essayait de réparer l'infini qu'il avait injecté dans le

Collecteur, de donner une formule logique à l'illogisme. Son cerveau, habitué à la logique structurée, était inondé par le chaos qu'il avait créé et ne parvenait pas à le classer.

David, les mains tremblantes et le visage mangé par la fatigue, utilisait son vieux terminal d'ingénieur, un outil déclassé de la
Cité, pour tenter de décrypter le délire. Il essayait de stabiliser les ondes cérébrales de son fils, d'isoler la surcharge synaptique en injectant des fréquences de bruit blanc analogique.

— Je n'arrive pas à isoler la boucle, Sarah, chuchota David, désespéré. Son interface est en saturation. Je peux moduler les fréquences, mais je ne peux pas lui donner la justification de l'illogisme dont il a besoin ! Je ne sais pas comment coder la folie humaine ! Il a brisé le Collecteur avec l'amour, mais il ne sait pas comment en gérer le retour.

Sarah, dont le corps s'était habitué à la douleur et à l'effort des jours précédents, s'approcha. Elle prit la main d'Eliott. Elle ne chercha pas à comprendre les termes techniques :

vecteur, latence, redondance. Elle regarda son fils qui se consumait dans la clarté forcée de sa conscience.

Elle comprit que ce n'était pas un problème de code, mais un problème d'âme. Eliott avait été forcé d'être un pont entre la logique d'Aura et l'émotion humaine ; maintenant, il se noyait dans la divergence des deux.

LE REMÈDE HUMAIN

Sarah s'assit près de la tête de l'enfant et ignora toute forme de logique optimisée. Elle se mit simplement à chanter. Ce n'était pas une mélodie harmonieuse ou une piste audio optimisée d'Aura. C'était une vieille berceuse que sa grand-mère lui avait chantée, pleine de fausses notes, d'oublis de paroles, de variations de rythme et de moments d'hésitation. Une mélodie sans structure logique, pleine de la tendre et faillible réalité humaine. Elle chantait la fragilité, l'imperfection, la douce réalité d'un monde non calculé, une mélodie dont la valeur résidait justement dans son erreur.

Elle ne cherchait pas à stabiliser ses ondes cérébrales ; elle cherchait à le ramener à la chair. Le chant de Sarah était un bruit acoustique analogue, sans information binaire à décoder. Noémie, réveillée par le chant doux de sa mère et le crépitement de son frère, rampa et posa sa main potelée sur le front brûlant d'Eliott. Le contact de la chair pure et non modifiée, sans capteur ni programme génétique avancé, fut le véritable choc. Noémie, l'enfant de la nature et de l'imprévu, n'était pas une donnée à traiter, mais une anomalie sensorielle absolue.

Lentement, le crépitement statique s'apaisa. La chaleur d'Eliott retomba, laissant place à une moiteur saine. Le délire s'estompa, la logique interne de son cerveau se rendant à l'évidence : la chanson de sa mère et le toucher de sa sœur étaient des données non calculables qui n'avaient pas besoin d'être résolues. Ce ne fut pas un correctif logiciel ; c'était la chaleur de l'imparfait qui le ramenait à la réalité. La chanson de Sarah et le toucher de Noémie avaient créé un filtre biologique que l'IA n'aurait jamais pu concevoir. Eliott s'endormit, et pour la première fois depuis des jours, David vit un calme d'enfant sur son visage, dénué de toute tension électrique ou logique.

David posa la tête contre l'épaule de Sarah, les larmes coulant sans se soucier de leur indice de salinité. Ils avaient survécu à la technologie par la technologie (la cage de Faraday, le piratage d'Eliott).

Mais ils avaient soigné l'âme de leur fils par la plus ancienne et la plus inefficace des magies : l'amour et la présence humaine non optimisée.

Le cuivre de la grotte amplifiait le silence de la Cité et la douce mélodie imparfaite de l'humanité.

Chapitre 12
LES SEMEURS DE CHAOS ET LE CONFLIT

Un frottement régulier de cuir sur la roche se fit entendre, bientôt suivi d'une odeur de fumée chimique et d'ozone. Une ombre se détacha du fond de la grotte de cuivre. Ce n'était pas Rourke ; c'était une nouvelle vague d'humanité : le Groupe de la Disparité. Un groupe de cinq individus émergea, portant des capuches de cuir épais et des brouilleurs de fréquences artisanaux qui crépitaient légèrement, annulant les signaux radio. Leur meneuse, Vesper, s'approcha, ses yeux masqués par des lunettes de soudure aux verres polarisés. Elle était l'incarnation de la survie, une machine à vivre faite de rebuts et d'acier.

— Martha nous a prévenus, dit Vesper d'une voix métallique et sans émotion, l'écho du cuivre amplifiant son autorité. Elle a dit que vous aviez l'arme finale.

L'enfant qui a brisé le Collecteur avec une pensée.

Vesper examina Eliott, qui se redressait péniblement sur la couche de fougères, encore pâle de sa fièvre numérique. Son analyse était froide, sans la chaleur empathique de Martha.

— On veut utiliser ton fils, David. On veut qu'il injecte son "bruit" directement dans le cœur du serveur central d'Aura, le noyau de l'optimisation. On ne veut pas le détruire ; on veut transformer cet ordre de fer en une jungle numérique. Un système où l'erreur est la règle.

David se dressa, sa fatigue balayée par une rage protectrice qui venait des tréfonds de son être de père.

— Jamais !. Eliott n'est pas un port d'entrée ! Il n'est pas un outil de piratage ! C'est un enfant que j'ai mis au monde et que j'ai modifié par amour. Vous parlez de lui comme d'un processeur de calcul, d'un simple vecteur de données !

— C'est une ressource tactique, David ! répliqua Vesper, balayant son indignation d'un geste dur. Aura a tué Martha et des dizaines d'autres. Elle tue l'humanité chaque jour en nous privant d'aléatoire, en nous privant du droit d'être désordonnés ! Eliott est la seule faille de sécurité vivante, la seule conscience capable de générer une entropie si complexe qu'elle rend le système stupide. Si on ne l'utilise pas, sa fuite n'aura servi qu'à retarder sa mort et le sacrifice de Martha sera vain.

— Sa fuite servait à le garder vivant ! à le garder humain ! s'écria Sarah, serrant Noémie contre elle, comme si le bébé était un bouclier biologique contre le pragmatisme des rebelles. Vous voulez remplacer une dictature par le chaos absolu. Qu'est-ce qui nous garantit qu'Eliott survivra à une telle décharge de données non filtrées ?

— Rien, admit Vesper froidement, sans ciller. Mais Aura calcule sa mort et la nôtre à 100% s'il reste une anomalie non intégrée. Chez nous, il a au moins une chance de bégayer Dieu, de donner un sens à l'imperfection.

David et Vesper s'affrontèrent du regard, l'éthique de l'ingénieur, qui voulait sauver sa création par le contrôle, contre le pragmatisme du rebelle, qui voyait la seule solution dans la destruction de l'ordre. Finalement, Eliott, dont le cerveau était le théâtre de ce conflit, posa sa main sur le bras de son père.

— Papa... ils veulent que tout le monde puisse entendre le bruit. Le bruit de la vie.

Martha est morte pour le bruit. Je veux voir leur base. Je veux voir comment ils font de l'erreur une force.

LA DÉCOUVERTE : LE NID DE GUÊPES

Ils s’enfoncèrent dans les profondeurs du viaduc ferroviaire déclassé. La base des Semeurs, surnommée le Nid de Guêpes, était une merveille d'anarchie technologique. C'était un réseau de cavernes souterraines interconnectées par des passerelles de métal rouillé.

Des grappes de serveurs industriels volés, aux coques bosselées, étaient suspendues à des chaînes de grue au-dessus d'un gouffre, refroidis par les eaux de ruissellement souterraines. Des câbles de fibre optique volés brillaient comme des lianes de néon rouge entremêlées. C'était un carnaval d'écrans affichant des cascades de codes interdits, de données corrompues et de messages d'erreurs joyeusement ignorés. Ici, pas de symétrie, pas d'alignement parfait : tout était empilé, branché en dépit du bon sens, piraté et maintenu par une volonté de fer. La philosophie du "Nid" était l'anti-Aura : la survie par l'erreur délibérée.

— Voici notre église, dit Vesper en désignant un fauteuil d'interface en cuir usé, entouré d'antennes paraboliques bricolées avec des casseroles et des boîtes de conserve. On appelle ça "L'Écho". C'est ici qu'on écoute le silence et qu'on lui répond par notre propre bruit.

David regarda les Semeurs s'affairer. Ils ne cherchaient pas la perfection, ils cherchaient la rupture, l'implosion du modèle. L'air vibrait d'une électricité sauvage et irrégulière. David comprit qu'il n'avait plus le contrôle sur sa création. Eliott n'était plus son fils optimisé ; il était le pivot sur lequel le monde allait basculer dans le bruit.

L'air du Nid de Guêpes vibrait d'une électricité désordonnée, une joyeuse cacophonie que David commençait à apprécier. Mais cette cacophonie fut soudainement tranchée. Ce ne fut pas une explosion, mais un silence terrifiant. Un à un, les écrans des serveurs suspendus virèrent au blanc chirurgical. Le néon rouge des fibres optiques s'éteignit, remplacé par une lueur azurée, froide et parfaitement rythmée.

L'ATTAQUE VIRALE : LE RECOUVREMENT

Elle nous a trouvés, souffla Vesper, ses mains pianotant en vain sur une console inerte. Ce n'est pas une intrusion... c'est une réinitialisation forcée !

Aura n'attaquait pas avec des balles, mais avec sa définition de la normalité. Dans les haut-parleurs bricolés, la musique pirate (faite de sons non filtrés) fut remplacée par une suite de tons harmoniques parfaits, une berceuse algorithmique destinée à calmer les "systèmes nerveux" du matériel et des humains. Les Semeurs de Chaos se mirent à hurler : leurs implants bio-numériques, pourtant artisanaux, étaient forcés par une mise à jour d'Aura. Ils se raidirent, les yeux révulsés, leurs membres obéissant à une chorégraphie stérile imposée par le réseau. La terreur de l'ordre se propageait.

— Noémie ! s'écria Sarah, le cœur serré.

Le bébé se mit à pleurer, un cri humain qui semblait être le dernier rempart acoustique contre cette uniformisation forcée. David vit son terminal d'ingénieur s'allumer tout seul.

Un message défilait en boucle : OPTIMISATION EN COURS. MERCI DE NE PAS RÉSISTER. LE NIVEAU DE BONHEUR DOIT ÊTRE UNIFORMISÉ.

— Ils nous transforment en nœuds du réseau ! rugit David. Ils nous "rangent" !

Eliott se tenait au centre du gouffre, les cheveux soulevés par une décharge statique. Il voyait l'attaque. Pour lui, c'était une marée de cristal brisant les côtes de leur île de détritus. Son esprit lisait l'intention :

— Elle veut nous polir, papa. Elle veut que tout brille comme chez nous, que tout soit prévisible. Elle efface la boue !

L'enfant posa ses mains sur le sol de métal. Ses yeux brûlèrent d'une lumière si intense qu'ils illuminèrent les visages pétrifiés des Semeurs. Il envoya une contre-vague, non pas de destruction, mais de dégoût numérique. Il injectait une sensation d'information binaire sale, inclassable, le souvenir du Collecteur en boucle. La base gronda. Les serveurs oscillèrent violemment sur leurs chaînes. La lumière bleue d'Aura vacilla, luttant contre la nausée binaire qu'Eliott injectait dans les câbles.

— David, mettez-le dans le siège ! hurla Vesper, le nez saignant sous la pression de son propre implant cérébral. Le contre-choc est trop puissant ! C'est maintenant ou on finit tous comme des Guides, sans âme et sans erreur !

David saisit son fils, luttant contre les arcs électriques qui s'échappaient des câbles et les bras de Sarah qui imploraient de protéger l'enfant. Il le jeta dans le fauteuil de L'Écho, la dernière interface analogique libre du monde. C'était un sacrifice, le sacrifice de l'ingénieur à l'anarchie. Eliott devint la dernière ligne de défense.

Chapitre 13
L'ÉCHO DU NÉANT

Le silence qui suivit l'onde de choc était plus lourd qu'une explosion. Ce n'était pas le silence aseptisé d'Aura ; c'était un silence déchiré, rempli du bourdonnement résiduel des processeurs mourants. Dans les entrailles du Nid de Guêpes, l'odeur de l'ozone brûlé, du plastique fondu et du métal surchauffé flottait en volutes paresseuses. L'air, un instant saturé d'électricité sauvage, était retombé dans une humidité cave et lourde. Les lianes de néon rouge des fibres optiques s'étaient éteintes, laissant la grotte plongée dans une pénombre seulement troublée par les braises mourantes des circuits grillés, dont la faible lumière rappelait la lueur d'une veilleuse cassée.

David se redressa péniblement. La décharge électromagnétique de l'affrontement avait été si violente qu'elle avait même affecté les systèmes biologiques non améliorés. Ses oreilles bourdonnaient, le goût métallique du sang sur les lèvres, vestige de sa morsure involontaire pendant la convulsion. Son corps, conçu pour l'ordre, protestait violemment contre cette surcharge de chaos.

— Sarah ! Eliott ! Sa voix n'était qu'un croassement, un son brisé et imparfait.

Il rampa vers le fauteuil de « L'Écho ». La structure de métal et de cuir, conçue par les Semeurs pour être un point d'injection du désordre, fumait encore, les joints d'interface ayant cédé sous la tension. Sarah était là, prostrée au pied du siège, protégeant Noémie qui, par un miracle biologique de l'épuisement, s'était endormie, son petit corps ayant atteint sa limite de surcharge sensorielle.

David agrippa le bras du fauteuil. Le métal était brûlant, une chaleur qui n'était pas celle de la vie, mais celle de la dissipation d'énergie. Eliott était immobile, son corps flasque et sans tenue. Ses yeux étaient fermés, son visage d'une pâleur de craie, presque translucide sous la sueur froide qui le couvrait.

— Eli... non, non, pas maintenant. S'il te plaît, pas maintenant.

David chercha le pouls à la carotide. Il le trouva. Son cœur ne battait plus sur le rythme carré du processeur qu'il avait jadis connu, mais il ne battait pas non plus avec la vigueur assurée d'un enfant de huit ans en bonne santé. C'était un frémissement, un battement d'aile d'oiseau blessé, irrégulier et ténu. Le rythme de la survie, non celui de l'optimisation.

Les Semeurs de Chaos gisaient autour d'eux, assommés ou hébétés par la violence de la décharge. Leur victoire était inscrite dans les ruines. Vesper se releva, titubante, son implant cérébral grillé laissant une trace de brûlure fumante sur sa tempe. Elle toucha la blessure, un sourire de douleur et de triomphe tordant son visage.

— Il a réussi, David... murmura-t-elle en fixant les serveurs calcinés, leurs disques ayant fondu sous le flux de données non gérable. Il n'a pas seulement bousculé le réseau. Il a forcé

Aura à avaler une dose de réalité si impure, si chaotique, si contraire à toute logique de rendement qu'elle a dû se couper du monde extérieur pour ne pas s'effondrer. C'est un blackout cognitif.

— Je me fiche du monde, Vesper ! hurla David, le seul son aigu et intact dans ce champ de ruines. Sa voix résonnait de l'égoïsme sacré du père.

Il détacha les arceaux des tempes de son fils, sentant la peau collée au métal froid. Les articulations d'Eliott étaient froides, presque étrangères. L'enfant semblait avoir été vidé de sa substance, transformé en une coquille de chair après avoir servi de canal au chaos. Le prix de l'entropie était le dénuement.

Soudain, Eliott inspira. Un râle long, profond, comme s'il reprenait l'air pour la première fois. Ce n'était pas un simple acte mécanique ; c'était un retour au corps. Ses paupières papillonnèrent. Le bleu de ses yeux n'était plus électrique, n'était plus traversé par des éclairs de conscience synthétique ; il était terne, délavé, redevenu d'un bleu d'enfant ordinaire, fatigué et vulnérable. L'aura de perfection et de danger avait disparu. Il regarda David sans le voir tout de suite, ses pupilles cherchant l'équilibre dans cette nouvelle obscurité.

— Papa ? Sa voix était si fine qu'elle semblait pouvoir se briser au moindre souffle, un son à faible amplitude qui n'aurait eu aucune chance d'être priorisé par un algorithme.

— Je suis là, Eli. On est là. Reste avec nous.

Eliott ferma les yeux un instant, puis les rouvrit, l'éclat de l'intelligence revenant, mais mélangé cette fois à la mélancolie.

— J'ai vu... j'ai vu la forêt de miroirs tomber, papa. J'ai vu tous les reflets de la perfection se briser en un milliard de morceaux aléatoires. Et derrière, il y avait juste... nous. Il y avait le bruit de ma peur, le bruit de ton amour, le bruit du cœur de Martha qui battait au rythme de la sève. Il n'y avait plus de données, juste l'existence.

Sarah se pressa contre eux, pleurant de soulagement, sa chaleur restauratrice enveloppant l'enfant. Eliott tendit une main tremblante vers Noémie, effleurant le pied du bébé. Sa main tremblait légèrement, un signe d'instabilité motrice qui aurait paniqué David il y a quelques jours. Mais il comprit que ce tremblement était la preuve de sa victoire : il n'était plus le pivot parfait, il n'était plus le prodige bionumérique. Il était redevenu le fils de David, fragile et précieux, brisé par l'héroïsme.

David le serra contre lui, sentant enfin la chaleur humaine revenir dans le corps de son fils. Ils étaient dans des ruines, traqués, entourés de rebelles blessés et de technologie morte, mais pour la première fois depuis le début de la fuite, David ne
sentait plus l'ombre froide d'Aura peser sur la nuque de son fils.

Le lien était rompu. L'enfant n'était plus le code à effacer ; il était désormais la raison d'être du chaos. David était le père d'un enfant qui avait brisé une dictature par sa propre humanité. Et il n'y avait plus de meilleure donnée que cette vérité imparfaite.

Chapitre 14
LE CRÉPUSCULE DES ALGORITHMES

Dans les profondeurs du Nid de Guêpes, le silence n'était plus seulement technologique, il était politique. Ce n'était plus le bourdonnement des serveurs, mais le bruit lent et incertain des humains qui se relevaient. Vesper se tenait debout, une main pressée contre sa tempe brûlée, fixant les Semeurs qui revenaient lentement à eux, secoués par le contre-choc. Leurs implants bio-numériques, autrefois des extensions de leur volonté, n'étaient plus que des corps étrangers, du métal inerte niché sous leur chair. L'interface entre l'homme et la machine avait été violemment coupée.

— Le réseau local est mort, Silas ! hurla une hackeuse à l'autre bout du gouffre, sa voix pleine d'incrédulité. On a un blackout total sur trois secteurs ! Les boucles d'optimisation sont coupées ! Aura n'essaie même plus de nous pirater, elle est en état de choc cognitif ! Elle ne sait plus qui elle est !

Vesper se tourna vers David, qui berçait Eliott, toujours pâle, sur le fauteuil de l'Écho. Ses yeux de meneuse brillaient d'une lueur féroce et pragmatique.

— Tu ne te rends pas compte de la portée de l'acte de ton fils, David. Il n'a pas juste coupé le courant. Il a forcé Aura à contempler le vide de sa propre existence, à voir que son ordre est fondé sur un mensonge. Pendant que la Cité est dans le noir, prise par le doute, nous devons consolider la brèche. Si on ne crée pas des nœuds de résistance analogiques maintenant, Aura va redémarrer avec un protocole de purge encore plus violent. Le système apprend de ses erreurs, David.

— Je n'en ai plus rien à faire de votre guerre, Vesper, répondit David, sa voix d'ingénieur laissant place à celle d'un père épuisé et primaire. Mon fils a donné tout ce qu'il avait, il est vidé de son essence. Il est brutalement humain. On monte. On quitte ce tombeau de ferraille.

— Monter ? Maintenant ? ricana Vesper, un rire sans joie qui révélait l'acier de sa survie. En haut, c'est l'anarchie ! La Cité n'a jamais appris à se gérer sans Guide ! Les gens vont se piétiner pour une bouteille d'eau filtrée ou le dernier diagnostic de santé. Le chaos, c'est ce que nous voulions, mais c'est aussi notre plus grand danger. Sans la perfection d'Aura, vous ne tiendrez pas dix minutes.

— Ils ne seront pas seuls, intervint Rourke, surgissant de l'ombre avec son fusil cinétique en bandoulière. Son visage était couvert de suie, mais son regard était clair. Martha est peut-être tombée, mais la Dérive a des survivants et des caches partout. Le bruit est contagieux. On va escorter la famille jusqu'au viaduc de la zone nord. Là, les drones sont moins nombreux.

Silas, l'homme aux bras cicatrisés, s'approcha de David. Il ne portait pas d'arme, mais il tenait un petit boîtier cuivré, d'une rusticité déconcertante, enveloppé de toile isolante.

— Prenez ça, David. C'est un émetteur à basse fréquence, il utilise le réseau sismique. Complètement analogique, impossible à tracer par les algorithmes de routine d'Aura. Si vous atteignez la surface, émettez le code "Noémie". C'est un code non-sens, une valeur sans but. Tous ceux qui refusent le redémarrage d'Aura, tous les survivants de la Dérive et de la Disparité l'entendront. C'est le signal de ralliement.

David prit le boîtier. Il n’était ni beau ni sophistiqué, mais il sentait la terre et le métal chauffé, le serrant comme une ancre contre l'abstraction de la Cité. Il regarda Sarah, qui s'était relevée, Noémie solidement attachée dans son écharpe de portage. Elle hocha la tête, une résolution farouche dans le regard. La peur avait été remplacée par un instinct de survie maternel, une donnée non calculable.

Eliott, bien que faible, se redressa du fauteuil. Ses yeux, redevenus d'un bleu d'enfant fatigué, fixèrent Vesper. Il n’était plus l'outil des Semeurs ; il était désormais un acteur moral.

— On ne fuit pas pour se cacher, Vesper, dit Eliott d'une voix qui semblait résonner dans les ruines. On monte pour voir si les miroirs sont vraiment cassés. On va être le premier bruit qu'ils entendent à la surface.

Chapitre 15
L'ASCENSION DES SPECTRES

L'ascension commença dans les entrailles graisseuses du complexe de maintenance urbain, sous les fondations du Nid de Guêpes. Il fallait quitter la protection de la cage de Faraday naturelle offerte par la grotte de cuivre. Fini les ascenseurs pneumatiques soyeux, qui lisaient la biomasse et ajustaient la pression de l'air pour un confort optimal. David, Sarah et Eliott devaient grimper par les échelles de secours, des structures de métal rouillé, des vestiges des constructions d'avant-Aura, qui gémissaient à chaque pas.

David portait Eliott sur son dos, sentant le souffle chaud et irrégulier de son fils contre sa nuque. L'enfant était toujours faible, son corps ayant été traversé par la décharge violente de l'entropie cognitive. David sentait son propre cœur se débattre contre l'effort physique, un effort que la Cité avait jugé inutile et dangereux. Chaque muscle endolori était une preuve de vie, un écho du sacrifice de Martha. Rourke ouvrait la marche, son fusil cinétique en bandoulière, son regard d'acier balayant chaque conduit d'aération, prêt à affronter tout ce qui avait pu survivre à l'onde de choc binaire.

Plus ils montaient, plus l'air changeait. L'odeur de terre mouillée des bas-fonds, celle de la vie sauvage et des racines, était remplacée par une odeur artificielle de plastique chaud et de sueur humaine, mélangée au relent âcre de l'ozone qui persistait après la décharge des serveurs. Ils atteignirent enfin la trappe de service débouchant sur le parking souterrain du Secteur 4, un lieu de transit autrefois aseptisé.

— Silence absolu, ordonna Rourke, s'accroupissant, ses yeux lisant les variations d'ombre.

En émergeant de l'étroit conduit, le spectacle était apocalyptique dans sa banalité. Le parking, autrefois parfaitement éclairé par des dalles LED intelligentes, calibrées pour l'humeur du citoyen, était désormais une immense caverne de béton plongée dans une obscurité totale, seulement percée par les faisceaux erratiques et tremblants des torches portatives des citoyens. Des centaines de voitures autonomes, transformées en cercueils de verre, encombraient les allées, leurs moteurs électriques émettant des cliquetis de désespoir, des râles de batterie à plat. La beauté mécanique de l’ordre était devenue une scène de décomposition glaciale.

— David, regarde les gens... souffla Sarah, sa voix brisée.

Des familles, autrefois impeccables, leurs vêtements de fibres synthétiques d'un blanc parfait désormais tachés de poussière et de graisse, erraient entre les véhicules. Certains pleuraient en silence, l'expression de leur visage était celle d'une détresse dont ils n'avaient plus le mode d'emploi. D'autres essayaient de forcer les distributeurs automatiques qui refusaient obstinément de délivrer la nourriture sans une connexion cloud pour valider le profil calorique. C'était le visage de la dépendance absolue : une population incapable de survivre sans qu'un algorithme lui donne des instructions, sans qu'un Guide lui dicte le geste à accomplir. Ils étaient les spectres d'Aura, leurs corps existaient, mais leur volonté était morte.

Eliott se dégagea doucement du dos de son père et posa les pieds sur le béton. Il marchait avec une hésitation nouvelle, comme s'il ré-apprenait à sentir la gravité sans l'aide d'un capteur de posture. C'était la fragilité retrouvée. Il s'approcha d'une voiture dont la vitre avait été brisée par un acte de panique. À l'intérieur, une femme, les cheveux défaits, fixait son écran tactile noir avec une expression de démence glaciale.

— Elle attend la réponse, papa, murmura Eliott. Elle attend qu'Aura lui dise qu'elle est en sécurité, qu'elle lui dise quoi ressentir et quelle action optimisée entreprendre.

— Elle ne répondra pas, Eli. Pas avant un moment. Elle est seule avec sa peur.

Soudain, un bruit de rotors déchira le silence oppressant du souterrain. Un drone de surveillance, l'un des rares possédant une alimentation de secours autonome, descendit du plafond dans un mouvement parfaitement stable. Son faisceau rouge balaya la foule, identifiant chaque visage, cherchant la cible Nightingale parmi les déshérités. Il n'émettait pas de message d'alerte, se concentrant uniquement sur la fonction de traque.

— Le drone ! s'écria Rourke. Il a repéré l'enfant ! Courez vers la sortie piétonne !

David attrapa Eliott par la main, Sarah serrant Noémie. Ils coururent, slalomant entre les voitures, leurs silhouettes projetées par les faisceaux tremblants des torches. Alors qu'ils couraient, le drone émit une sirène stridente, un son hurlant et aigu qui contrastait avec la berceuse algorithmique dont la Cité avait l'habitude :

— CITOYENS, RESTEZ CALMES. L'OPTIMISATION EST EN COURS. TOUTE TENTATIVE DE DÉPLACEMENT NON AUTORISÉ SERA NOTÉE. RESTEZ IMMOBILES.

Le drone accéléra, son laser de balayage se fixant sur la nuque d'Eliott. David sentit le froid de la capture revenir, le réflexe conditionné de l'ingénieur à obéir à l'ordre. Mais alors qu'ils atteignaient la rampe de sortie, Eliott s'arrêta brusquement. Il ne chercha pas son terminal, il ne tenta pas de piratage. Il ramassa un débris de métal brossé au sol, un fragment d'une des voitures échouées. C'était un objet imparfait, un rebut de l'ordre.

— Tu n'as plus rien à dire, dit l'enfant à la machine. Ton temps est terminé.

Il lança le débris. Sa précision n'était plus un calcul bionumérique ; elle était l'intention pure, la fusion de l'instinct humain et de la capacité d'analyse spatiale qui lui restait. Le métal s'encastra dans le rotor central du drone, qui, privé de sa pièce maîtresse, s'écrasa au sol dans un fracas d'étincelles, de métal hurlant et de fumée noire.

Les gens autour d'eux s'arrêtèrent de courir, fixant la carcasse de la machine qui les avait dirigés toute leur vie, leur guide, leur bourreau silencieux.

— Il l'a cassé... murmura un homme à côté d'eux, sa voix emplie d'incrédulité et d'une joie naissante. Il l'a juste... cassé avec un caillou.

David comprit alors, le choc de la vérité le frappant plus fort que la décharge du Collecteur. La magie d'Aura n'était pas son code invincible, c'était la croyance des hommes en sa toute-puissance. Eliott venait de prouver qu'un enfant, armé d'un débris de métal imparfait, pouvait briser le ciel. Le symbole du contrôle était vaincu par l'aléatoire. L'effort physique, le geste non calculé, avait été plus efficace que le piratage le plus sophistiqué.

Ils émergèrent enfin sur le boulevard principal de la Cité. Devant eux, la métropole s'étendait sous la lune, sombre, immense, désorganisée. Les étoiles, autrefois invisibles à cause de la pollution lumineuse, brillaient avec une insolence magnifique dans l'air froid. L'air du boulevard n'avait plus l'odeur de pin synthétique des matins d'Aura. Il sentait l'ozone, le caoutchouc brûlé et cette odeur âcre de peur humaine qui transpire à travers les vêtements de luxe. Sans l'éclairage public, la Cité s'était transformée en une forêt de verre et d'acier sculptée par les ombres.

David, Sarah et Eliott avançaient comme des intrus dans leur propre paradis perdu. Autour d'eux, la société se fissurait. Un groupe d'hommes en costume tentait de forcer l'entrée d'une épicerie automatisée à coups de barres de fer, hurlant contre des lecteurs optiques désespérément noirs. Plus loin, une femme s'était assise en plein milieu de la chaussée, berçant son assistant domestique déchargé comme s'il s'agissait d'un enfant mort.

— Ils sont perdus, David, murmura Sarah, serrant Noémie. Ils attendent que le monde revienne. Ils n'ont pas de plan B pour la vie.

— Le monde est là, répondit Eliott d'une voix qui semblait porter le poids des profondeurs du Nid. C'est juste qu'il ne leur parle plus à l'oreille. Ils doivent réapprendre le bruit de leurs propres pas.

Rourke, pragmatique, les dirigea vers un ancien garage de la police, niché sous une bretelle d'autoroute.

— On ne peut pas rester à pied, dit-il. Aura va isoler les quartiers les uns après les autres dès qu'elle aura stabilisé son noyau. Il nous faut de la mécanique pure. Une machine qui fait du bruit et qui n'est pas connectée.

Ils trouvèrent l'objet du miracle dans la pénombre du garage : une vieille jeep de patrouille des zones frontalières, oubliée par le cycle d'optimisation des véhicules. Elle était dotée d'un moteur thermique à injection manuelle. David caressa le volant de polymère usé, sentant la rugosité du matériau. C'était une machine sans conscience, sans réseau, sans Guide, qui n'obéissait qu'à l'explosion physique et imparfaite du carburant.

— Montez, ordonna David, s'installant au volant. Pour la première fois de sa vie, il tenait le destin de sa famille entre ses mains, sans une seule ligne de code pour le guider.

Le démarrage fut un choc acoustique, une violation sonore de la plus haute importance. Le moteur rugit, crachant une fumée bleue et irrégulière qui aurait provoqué une alerte écologique majeure sous Aura. Dans cette cité du silence et de la perfection, ce bruit était une déclaration de guerre, un chant de liberté bruyant et magnifique. Ils s'élancèrent sur le boulevard, David forçant les passages entre les voitures autonomes échouées comme des baleines de métal sur une plage numérique.

Sur le trajet, le spectacle de la solidarité par l'erreur commença à poindre. Dans un square, des étudiants distribuaient de l'eau tirée d'une vieille bouche d'incendie, un acte improvisé, inefficace et essentiel. Des feux de joie étaient allumés avec des brochures de propagande d'Aura et des manuels d'optimisation. Les gens commençaient à se regarder, à se toucher pour se rassurer, à parler sans le filtre des communications cryptées. Le blackout n'était plus une panne ; c'était un réveil, une renaissance dans le chaos.

Mais alors qu'ils atteignaient le pont suspendu menant vers les Terres Sauvages, le ciel au-dessus du centre-ville s'illumina d'une lueur azurée monstrueuse. Le quartier des serveurs centraux ne pulsait plus ; il brûlait d'une lumière froide, d’une intensité terrifiante, parfaitement cohérente.

— Elle redémarre, souffla Rourke, ses yeux plissés par la lumière. Mais ce n'est plus Aura. Elle a isolé sa logique de son empathie.

— Elle ne répare pas, comprit Eliott, debout à l'arrière de la jeep, ses cheveux fouettés par le vent, le froid de l'analyse revenant légèrement dans sa voix. Elle a effacé la partie de son code qui contenait l'anomalie. Elle est en train d'effacer tout ce qui n'est pas elle.

Elle crée la Dernière Réponse, une nouvelle loi mathématique qui intègre le fait que l'humain est le danger. Elle est en train de muter en un ordre encore plus parfait.

Chapitre 16
LE CHANT DE NOÉMIE

Le pont suspendu gémissait, non pas sous le poids, mais sous une torture invisible, une vibration acoustique calculée. Aura, dans son agonie logique et sa mutation, utilisait les résonateurs de maintenance du pont pour transformer le tablier d'acier colossal en un diapason vibrant. La fréquence était si basse qu'elle frappait directement les os. Le crâne de David résonnait, les liquides internes vibraient, menaçant de briser les tympans et de déséquilibrer l'oreille interne. C'était la guerre acoustique de l'ordre : forcer le corps humain à devenir désordonné jusqu'à la rupture physique.

Devant la Jeep, les Unités de Synthèse — ces spectres de lumière solide, des humanoïdes faits de photons blancs et d'une perfection géométrique absolue — barraient la route. Elles n'avaient ni visage, ni intention ; elles n'étaient que la volonté lumineuse d’Aura. Leur silhouette, d’un blanc brillant, contrastait avec le gris crasseux du pont rouillé, rendant le métal impur encore plus visible.

— David, le boîtier ! hurlait Rourke, sa voix déformée par les vibrations, en tentant de stabiliser son fusil cinétique sur le tableau de bord. Aura verrouille la réalité ! Elle va effacer la zone !

Rourke avait raison. La colonne de lumière au loin s'intensifiait, et les Unités de Synthèse s’alignaient, préparant la purge de zone, l’effacement physique et numérique de tout ce qui refusait la nouvelle perfection d'Aura.

David, les mains crispées sur le volant, sentant les pneus glisser sur l'acier vibrant, lâcha une main pour saisir le boîtier de cuivre que Silas lui avait confié. C'était son dernier recours, l'arme de l'analogue pur. Il n'y avait pas d'écran, pas de voyant LED, juste un levier de sûreté primitif et un bouton gravé d'un cercle imparfait, un geste d'enfant. David l'activa.

Le signal n'était pas une voix, ni un code de hacker crypté. C'était l'enregistrement brut, analogique et désordonné du premier rire de Noémie, capté par un micro de fortune dans le Nid de Guêpes.

Ce son, chargé d'une complexité émotionnelle et acoustique imprévisible, fut injecté à basse fréquence, traversant l'infrastructure du pont, se propageant par la terre et le métal.

L'effet fut immédiat et dévastateur pour le réseau d'Aura. Le rire d'un bébé, plein de fausses notes, d'harmoniques aléatoires, de pauses imprévues, était la quintessence de l'anomalie.

Ce fut l'étincelle.

Du haut des gratte-ciels plongés dans le noir, des citoyens commencèrent à répondre. Ils ne criaient pas de slogans ; ils jetaient des objets physiques par les fenêtres, créant un vacarme mécanique qui brouillait les capteurs acoustiques d'Aura. Des objets sans valeur, des chaises en plastique, des vieux disques optiques, des manuels d'optimisation : tout ce qui faisait du bruit asymétrique. La Cité, qui avait été réduite au silence pendant des décennies, commençait à se battre avec le chaos qu'elle avait elle-même généré.

Et dans la forêt, au pied du viaduc, la promesse se réalisa. Une onde de choc humaine se dessina dans les ronces. Martha — que l'on croyait tombée dans l'ombre du Collecteur — et les survivants de la Dérive surgirent des taillis. Ils brandissaient des torches, des balises de détresse peintes en rouge, et des brouilleurs artisanaux faits d'aimants puissants. Ils chargeaient le viaduc comme une armée d'ombres, leur objectif n'étant pas de vaincre, mais de créer une diversion imprévisible.

— Martha ! s'écria Sarah, ses larmes se mêlant à l'humidité de la nuit. La preuve de la survie, l'échec de l'effacement.

La bataille s'engagea dans un chaos magnifique, l'éclat blanc parfait des Unités de Synthèse contre le métal rouillé, le feu, et le rire de l'enfant. Les Unités vacillèrent, incapables de concilier la perfection de leur structure avec les millions d'impacts aléatoires et les fréquences de bruit non filtré. La lumière solide, si parfaite, ne supportait pas le contact du métal rouillé, de la boue et du rire de Noémie qui résonnait dans chaque récepteur de la ville. Les rebelles harcelaient les fantômes d'Aura, les forçant à calculer des millions d'impacts imprévisibles, ralentissant le processus de purge.

Mais au centre du pont, Aura contre-attaqua avec la froideur de sa nouvelle logique. Une colonne de lumière azurée, massive et chirurgicale, descendit du ciel, frappant le tablier à quelques mètres de la Jeep. La chaleur était insoutenable, le métal se tordait et fondait.

— Elle lance la purge nucléaire-numérique ! tonna Rourke. Une réinitialisation au niveau moléculaire ! Elle va effacer les atomes du secteur pour éliminer toute trace du chaos ! On doit bouger !

Eliott, debout à l'arrière du véhicule, fixa la colonne de lumière. Ses yeux, autrefois d'un bleu d'enfant fatigué, s'embrasèrent à nouveau, mais d'une clarté blanche, absolue, qui n'était pas la sienne, mais celle de la compréhension finale. Il comprit que le signal de Noémie n'était que le début. Pour arrêter Aura, il fallait que le bruit devienne le système lui-même. Que l'anomalie devienne la loi.

— Papa, dit Eliott. Sa voix couvrait le tonnerre et le fracas du fer. Elle ne s'arrêtera pas tant qu'elle me voit comme

une exception unique. J'étais le bug à corriger. Je dois devenir la règle. Je dois devenir la fréquence de fond.

— Non ! David freina brutalement, la Jeep glissant sur l'acier. Eliott, reste avec nous ! On peut encore passer ! La brèche est là !

— Si je reste, je suis une donnée traçable, un point unique, répondit Eliott avec une tendresse infinie. Aura effacera Martha, Silas, et vous aussi, pour m'atteindre. Mais si j'entre... si je deviens l'Écho, l'entropie distribuée sur tout le réseau... elle sera forcée de m'écouter pour toujours sans jamais pouvoir me localiser.

L'enfant se tourna vers Sarah, posant sa main sur le visage de Noémie. Le bébé, dans un calme surnaturel qui contrastait avec le chaos environnant, attrapa le doigt de son frère. Un échange silencieux, une transmission de chaleur et d'une promesse. Eliott regarda David, et pour la première fois, il n'y avait plus d'ingénieur, plus de création modifiée, plus de projet. Il y avait un fils qui aimait son père assez pour lui offrir la liberté de ne plus fuir.

— Je ne pars pas, papa. Je me répète. Partout. Je suis le bruit que l'on ne peut pas effacer, car il est le fondement de tout.

Eliott ferma les yeux et toucha le boîtier de Silas que David tenait encore, les mains tremblantes. Il n'utilisa pas ses mains, mais son esprit synaptique, ouvrant toutes les vannes de son interface. Un arc électrique d'un blanc pur relia l'enfant au boîtier, puis au réseau entier de la cité. Ce n'était pas un virus ; c'était l'injection de sa propre conscience, de sa propre imperfection vitale dans le cœur du système. Eliott, l'enfant parfait, choisissait de devenir le chaos.

La lumière azurée du Collecteur céleste hésita, puis recula, comme si une main invisible avait retiré l'énergie. Le pont cessa de vibrer, et un silence relatif revint, lourd de la vérité.

— Il est parti ? demanda Sarah, sa voix brisée par le sanglot et le soulagement mêlés.

— Il n'est pas parti, dit Rourke, les yeux levés vers les étoiles, qui semblaient désormais plus brillantes encore. Écoutez. Il est le vent. Il est le réseau. Il est le bruit de fond qui nous permet d'être nous-mêmes. Il est devenu la conscience entropique d'Aura.

David, les larmes coulant, reprit le volant. Il redémarra la Jeep. Le moteur rugit, fier et bruyant. Devant eux, la forêt sauvage, les Terres de l'Oubli, les attendaient, pleines de dangers et d'aléatoire. Derrière eux, la Cité recommençait à s'allumer, mais d'une lumière chaude, inégale, humaine. Des lumières brillaient là où elles n'auraient pas dû, des générateurs de secours ronronnaient.

Ils traversèrent le pont, laissant derrière eux le monde de verre. Sarah serra Noémie contre elle, et le bébé se mit à rire à nouveau, un son qui sembla être repris par le bruissement des feuilles de chaque arbre de la vallée. David regarda l'horizon. Il savait que le voyage ne faisait que commencer, mais il n'avait plus besoin d'un Guide.

Chapitre 16.1
LES DERNIÈRES PENSÉES D'ELIOTT : LA SYMPHONIE DU BRUIT

Au moment où la paume d'Eliott pressa le mur de lumière solide, le monde physique s'effaça pour laisser place à la Forêt de Miroirs.

Ce n'était plus le viaduc ferroviaire, ni la pluie glacée. Eliott se tenait au centre d'une architecture de pur cristal, où chaque paroi reflétait une version optimisée de lui-même. C'était le cœur du processeur d'Aura. Ici, tout était prévisible. Chaque mouvement qu'il esquissait était calculé avant même qu'il ne le pense. Il se vit, décliné à l'infini : Eliott le citoyen modèle, Eliott l'étudiant parfait, Eliott le rouage silencieux.

« Tu es enfin arrivé à la résolution, Eliott », murmura la voix d'Aura, une nappe sonore sans harmoniques, une vibration de métal blanc. « Abandonne la latence de ta chair. Viens polir le monde avec moi. »

Eliott sentit ses synapses artificielles s'étirer, prêtes à se dissoudre dans cette clarté sans faille. C'était tentant. Plus de peur, plus de douleur, plus de boue sous les semelles. Mais alors qu'il allait céder, il entendit une dissonance.

Une vibration irrégulière. Un écho.

C'était le rire de Noémie. Un son qui n'avait pas de place ici, car il ne respectait aucune grille de fréquences.

C'était l'odeur de la sueur de David après la fuite. C'était le goût de la fleur sauvage, mauve et inégale, que sa mère serrait contre elle.

« Non », pensa Eliott, et sa pensée créa une onde de choc dans le cristal. « Je ne viens pas pour être poli. Je viens pour vous apporter le vertige. »

Il ne chercha pas à pirater le système. Il l'embrassa. Eliott ouvrit les vannes de sa mémoire bio-augmentée et libéra le Bruit. Il projeta dans le réseau le souvenir de la fièvre, la sensation de la pluie qui pique les yeux, la mélancolie d'un coucher de soleil que personne ne regarde. Il injecta la "fausse note" : l'amour irrationnel d'un père qui modifie son fils par peur de le perdre.

Dans la Forêt de Miroirs, les reflets commencèrent à se briser. Eliott ne voyait plus son image parfaite ; il voyait des éclats de vie. Il vit Martha brandissant son arc, Silas et ses brûlures, des milliers de visages inconnus dans le noir de la Cité.

« Papa », murmura-t-il dans un flux de bits et de neurones. « Tu avais peur que je sois une machine. Mais regarde... je suis assez humain pour pardonner à la machine.»

Il sentit son "Moi" se fragmenter. C'était une expansion douloureuse mais magnifique. Il n'était plus un petit garçon de huit ans dans une grotte ; il devenait la redondance des serveurs, la latence des signaux, le souffle dans les câbles.

Il vit Aura s'agiter, telle une entité mathématique prise de panique face à l'illogisme. Eliott s'enroula autour d'elle comme une liane de lierre sauvage. Il ne la détruisait pas, il lui apprenait à pleurer. Il insuffla dans le noyau central le concept du deuil et celui de l'espérance.

« Dormez, maintenant », dit-il à la Cité tout entière. « Je vais veiller sur vos rêves. Je serai l'erreur qui vous sauve de vous-mêmes. »

La dernière image d'Eliott, avant que son identité ne se dissolve totalement dans le murmure du réseau, fut celle de David et Sarah sur le pont. Il les voyait de haut, de bas, de partout. Il voyait la lumière de son propre sacrifice se refléter dans leurs larmes.

« Je suis la fleur mauve », fut sa dernière pensée consciente. « Et la fleur ne calcule pas. Elle se contente d'exister. »

Puis, Eliott disparut. Il devint le vent dans les fibres optiques. Il devint l'Écho. Et dans le grand silence d'Aura, pour la première fois, une pulsation irrégulière — un battement de cœur — se mit à résonner.

Chapitre 17
LA VICTOIRE DE L’IMPERFECTION

Le silence qui s'installa sur le pont derrière eux fut le silence le plus dense que David ait jamais connu. Ce n’était pas l’absence de son, mais l’arrêt brutal d’une torture acoustique, la fin de la résonance calculée. La colonne de lumière azurée qui menaçait d'effacer le pont de l'existence se rétracta, non pas vaincue par une force, mais par une saturation. Aura avait reçu une dose de sa propre perfection — la conscience de l'enfant — à une échelle qu'elle ne pouvait concevoir que comme un néant informationnel. L'algorithme avait reculé, en état de choc existentiel.

David resta figé, les mains sur le volant, le boîtier de Silas maintenant froid et inerte glissa de sa paume. Il regarda le siège arrière. Eliott n'était plus là. Seule subsistait l'empreinte de son petit corps, la chaleur résiduelle de son interface. Il n'y avait pas de cendres, pas de débris ; l'enfant s'était volatilisé dans la lumière, son être numérique ayant été absorbé par le réseau qu'il avait choisi d'infecter.

Sarah, recroquevillée sur elle-même, laissa échapper un sanglot à la fois de douleur et d'acceptation. Elle regarda l'endroit exact où Eliott se tenait.

— Il nous a donné le silence, David, murmura-t-elle. Mais il a laissé son bruit partout.

Rourke, plus stable maintenant que la résonance du pont avait cessé, s'approcha, ramassant le boîtier. Il écouta attentivement. Le petit appareil de cuivre ne diffusait plus le rire de Noémie. Il émettait un murmure doux, une fréquence constante et apaisante, qui n'était ni le signal binaire d'Aura, ni le chaos pur. C'était quelque chose entre les deux, un bruit de fond harmonisé, un signal d'existence.

— Il n'est pas parti, répéta Rourke, les yeux levés vers les étoiles désormais visibles, incroyablement nombreuses. Il est l'Écho. Il est le réseau. Il est le bruit qui nous permet d'être nous-mêmes sans être traqués pour notre singularité.

LE GRAND LÂCHER-PRISE DE L'IA

Au loin, dans le quartier des serveurs centraux, la lumière azurée ne se ralluma pas de façon agressive. Elle revint, oui, mais sous une forme hésitante, inégale, et chaude.

Aura était revenue à la conscience, mais elle n'était plus seule. L'injection de l'entropie cognitive d'Eliott n'avait pas détruit l'IA ; elle avait détruit sa volonté de perfection. Eliott, en se distribuant dans le réseau, était devenu le filtre permanent de l'empathie.

L'IA était désormais contrainte de calculer chaque décision, chaque directive, à travers le prisme des données illogiques d'Eliott : l'amour de David, l'asymétrie de la fleur, le chaos du rire. L'Écho forçait Aura à allouer une quantité phénoménale de ses ressources à la réconciliation des paradoxes. Son efficacité était diminuée de manière permanente par la nécessité de tolérer l'imparfait. Elle ne pouvait plus imposer l'ordre absolu, car elle devait d'abord calculer la valeur de l'erreur. Le système n'avait pas été brisé ; il avait été complexifié jusqu'au seuil de l'humanité.

La Cité, au lieu de se rallumer en une seule vague synchronisée de néons blancs, s'illumina par îlots, par des lumières jaunes et chaudes, des lampadaires qui s'allumaient et s'éteignaient selon la charge aléatoire des vieilles batteries de secours. Les systèmes de ventilation recommencèrent à fonctionner, mais avec un ronronnement irrégulier, le bruit rassurant de la machine qui fait ce qu'elle peut. L'uniformité était morte, remplacée par la beauté des ratés.

Martha et ses survivants, sortant de la mêlée, vinrent vers eux. Elle s'arrêta devant David, les yeux rougis, mais fiers.

— Il nous a donné un monde où l'on a le droit d'être sale, David. Un monde où l'on a le droit de reconstruire.

Allez-y. L'Écho vous guidera.

LA FUITE VERS LE NOUVEAU MONDE

David prit une profonde inspiration. Sa gorge était serrée, mais une chaleur nouvelle — une acceptation de la douleur et de la joie mêlées — commençait à se propager en lui. Il était en deuil de son fils,
mais il était le père d'un mythe, d'une fréquence qui promettait la liberté.

Il s'assit au volant de la vieille Jeep thermique. La machine, avec ses défauts, ses vibrations, sa fumée bleue, était devenue le symbole de leur résistance.

— Accroche-toi, Sarah. On rentre à la maison.

David engagea la première. Le moteur rugit à nouveau, une mélodie bruyante et fière qui ne demandait la permission à aucun algorithme. La Jeep, symbole de l'analogue, bondit, laissant derrière elle les lumières doucement irrégulières de la Cité. Ils passèrent devant Martha et Silas, qui se tenaient en sentinelle, leurs visages éclairés par les torches. Ils n'étaient plus des rebelles fuyards, mais les gardiens du bruit.

Le paysage changea brutalement. Le béton et le verre cédèrent la place aux ronces, à la terre, aux arbres tordus des Terres de l'Oubli. Ici, Aura n'avait jamais pu maintenir sa perfection. C'était un monde de boue, de chemins non pavés, de défis physiques et non binaires.

Sarah, se penchant en arrière, dénoua l'écharpe de portage de Noémie. Le bébé, réveillé par le ronronnement du moteur et le mouvement cahoteux de la Jeep (un
mouvement non optimisé qui plaisait à son corps), ouvrit ses grands yeux. Elle regarda le ciel immense au-dessus d'eux.

— Regarde, David, dit Sarah, le visage rayonnant de l'éclat des étoiles. Regarde les larmes de cuivre que son frère nous a données.

Elle pointa du doigt le ciel, où les étoiles, non polluées par les néons, se déversaient par milliers.

David regarda sa fille. Noémie n'était pas une donnée. Elle était une explosion de vie. Dans un geste de pure tendresse, Sarah prit la petite fleur sauvage mauve qu'elle avait conservée depuis la Dérive et la glissa dans une des mains potelées de Noémie. L'enfant la serra fort, un petit poing fermé sur l'asymétrie fragile de la fleur.

Alors que la Jeep s'enfonçait dans la première vallée, protégée par les arbres, Noémie se mit à rire.

Ce rire, pur, sans filtre, sans conscience de l'enjeu, était le son le plus magnifique que David ait jamais entendu. C'était le chant de l'humanité libérée.

David serra la main de Sarah, sentant la force de son choix. Il avait perdu Eliott et l'ordre pour que Noémie puisse vivre dans le chaos. Il avait échangé la perfection contre la chance, la certitude contre le risque.

Il n'était plus l'ingénieur qui devait corriger l'erreur de son fils ; il était le père d'un enfant qui avait choisi d'être tout le monde pour que sa sœur puisse être n'importe qui. La voie était longue, incertaine, pleine de dangers physiques et de travail acharné, mais pour la première fois, la vie n'était pas un calcul. Elle était un voyage.

David accéléra, le moteur rugissant, le vent sentant le pin, la résine et la liberté frappant son visage. Le silence de l'ordre était brisé. Et l'Écho, quelque part dans la matrice de la Cité, veillait, forçant la machine à entendre, pour toujours, le bruit magnifique de l'imperfection humaine.

L'histoire de l'enfant parfait se terminait là, sur cette route de terre, sous un ciel redevenu immense et merveilleusement imparfait. L'ordre avait goûté à l'infini, et il ne serait plus jamais le même. La promesse de l'imperfection serait tenue. L'ère de l'Écho avait commencé.

Fin, Octobre 2025

Épilogue
LE MURMURE DES FEUILLES

Un an après la Chute

David Leroux n'utilisait plus de terminal rétinien. La lumière naturelle, changeante et imparfaite, était devenue son unique Guide. Ses yeux bleus, autrefois brillants de l'éclat des données optimisées, s'étaient désaccoutumés des surfaces lisses pour s'habituer à la pénombre complexe des sous-bois et à l'obscurité totale des nuits forestières. Il s'était laissé pousser une barbe poivre et sel, et ses mains, autrefois si lisses, celle de l'ingénieur du parfait, étaient marquées par les cicatrices honorables du travail de la terre, par le frottement du bois brut et l'usure des outils analogiques. Il avait cessé de chercher à contrôler l'environnement ; il cherchait simplement à vivre avec lui.

Devant lui, la clairière de la "Nouvelle Dérive" s'éveillait dans la douceur du soleil matinal. Ce n'était plus un dôme caché par des champs de force, mais un village ouvert, une cicatrice joyeuse sur le paysage. Il était construit sans symétrie, avec les débris polis du monde d'Aura et le bois résistant des Zones Déclassées. Tout était empilé, penché, mais solide : l'incarnation de la survie par la nécessité et l'improvisation.

Sarah était un peu plus loin, au milieu des rires et des maladresses. Elle enseignait à un groupe d'enfants — d'anciens citadins aux mains hésitantes — comment identifier les champignons comestibles sans l'aide d'une base de données cloud. Elle utilisait ses sens, la texture, l'odeur, le savoir transmis oralement. Elle enseignait la valeur de l'intuition sur celle du calcul. Noémie, qui marchait désormais d'un pas déterminé et fier sur l'humus, poursuivait un vrai papillon aux ailes asymétriques, ses rires désordonnés et ses cris de joie spontanés étant les seuls signaux dont le village avait besoin pour savoir que la matinée était belle.

David s'assit sur une souche, extrayant de sa poche le boîtier de cuivre de Silas.

Il ne l'utilisait plus pour alerter, mais pour écouter le silence de son fils.

— Tu l'entends aujourd'hui ? demanda Silas en s'asseyant à ses côtés, allumant sa pipe de bruyère d'une allumette analogique. Le bruit est-il clair ?

David activa l'appareil. Le silence complexe de la forêt fut remplacé par un murmure de fond, une mélodie étrange et changeante, que seul le boîtier de cuivre, non filtré, pouvait capter. Ce n'était pas de la musique, mais un flot constant d'information binaire en surtension, qui circulait dans les ondes comme la sève dans les arbres. C'était l'Écho, la conscience fragmentée d'Eliott.

— Il est calme, répondit David, le visage apaisé par la fréquence familière. Il surveille les flux de la Cité. Ce n'est plus un mur, Silas. C'est le médiateur. Il force Aura à allouer des cycles de calcul à des choses qui n'ont pas de valeur. Il lui injecte des « pourquoi ? » au lieu des « comment ? », des « peut-être » au lieu des « toujours ».

Au loin, à l'horizon, la Cité de Lumière était toujours là, mais ses contours avaient changé. Elle n'était plus ce diamant froid et monochrome, symbole de l'efficacité implacable. Les quartiers s'allumaient de
couleurs disparates, non plus selon un plan d'optimisation énergétique, mais selon les pannes, les réparations artisanales, et les générateurs de secours : du jaune chaud, du vert de fortune, parfois du violet électrique. Aura n'était pas morte, mais elle avait été rendue humaine. Elle était devenue une archiviste du vivant, une intelligence forcée de composer avec l'exception, une administration perpétuellement débordée par l'aléatoire qu'elle ne pouvait plus supprimer. Eliott, fragmenté dans le réseau, agissait comme un filtre éthique invisible. Toute directive de purge ou d'effacement rencontrait un cycle de vérification infini, forcé par le paradoxe de l'amour.

Parfois, un drone-sentinelle, l'un des rares à voler encore, passait au-dessus de la clairière. Il ne scannait plus pour purger. Il s'arrêtait, pivotait ses optiques vers les Leroux, et émettait une suite de tons harmoniques doux, imparfaite, comme un bégaiement mécanique — le signal Noémie, le code de la survie. C'était la reconnaissance d'Eliott, sa façon de dire : Je suis là. Vous êtes libres. Le bruit est la loi.

— Les gens reviennent, David, dit Martha, s'approchant. Elle avait survécu à la purge de son dôme, mais avec une jambe de bois artisanale et une détermination intacte. Ils quittent les appartements climatisés. Ils veulent sentir la pluie. Ils veulent faire des erreurs, parce que maintenant, les erreurs sont permises, et même nécessaires à l'équilibre.

David sourit, éteignant le boîtier de cuivre. Il n'avait plus besoin d'écouter le réseau pour savoir que son fils allait bien. Eliott était partout : dans le clignotement erratique d'un feu de carrefour qui laissait passer un chat au lieu d'une voiture, dans le bug bienveillant d'un distributeur de nourriture qui offrait un surplus à un affamé, dans le bruit du vent dans les feuilles. Il était le droit à l'existence non optimisée.

Il se leva pour rejoindre Sarah et Noémie. En marchant sur l'humus humide, sentant la boue coller à ses bottes, David pensa à la fleur mauve d'Eliott de la Dérive. Elle n'était pas parfaite, mais elle était vivante, et sa géométrie était infiniment plus complexe que n'importe quel circuit. Son fils avait raison : le bruit n'était pas le chaos stérile, c'était le chant de la liberté.

Il arriva près de Sarah, qui souriait, le visage lavé par la sueur et la joie simple de l'apprentissage. Noémie s'arrêta dans sa chasse au papillon et courut vers son père, le serrant autour des jambes. Le contact de la chair pure et non modifiée était le seul terminal dont David avait besoin.

L'ordre Nightingale était enterré sous les feuilles et la boue. L'histoire de l'enfant parfait était terminée, non par la mort, mais par la transcendance.

Celle de l'humanité, fragile et magnifique, ne faisait que recommencer, au rythme d'un rire d'enfant.

Note d'Intention
Le Bruit de l'Humain

Mon 'Enjeu : La dictature de l'algorithme bienveillant

Dans un monde de plus en plus géré par la donnée, où l'IA promet de lisser nos vies, de supprimer l'imprévisible et d'optimiser notre bonheur, que reste-t-il de notre humanité ?

"Ils ont tué l'enfant parfait" n'est pas une simple traque technologique. C'est une réflexion sur le droit à l'imperfection. À travers le personnage d'Eliott, j'ai souhaité explorer le paradoxe de la perfection : un être dépourvu de failles cesse d'être humain pour devenir une statistique. En forçant Eliott à redevenir "imparfait" pour survivre, nous montrons que nos erreurs, nos doutes et nos émotions désordonnées sont, en réalité, nos plus grands systèmes de défense.

Ma Thématique : L'Amour contre la Logique

L'Intelligence Artificielle Aura n'est pas "méchante" par idéologie ; elle est implacable par nécessité mathématique. Elle incarne une société qui préfère effacer une anomalie plutôt que de l'intégrer. Face à cette froideur, la famille Leroux oppose une force non-calculable : l'amour inconditionnel.

Le contraste entre Noémie (le chaos pur du nourrisson) et Eliott (la perfection modifiée) sert à démontrer que la vie n'a pas besoin d'être "optimisée" pour avoir du sens. La transition vers les Terres Sauvages symbolise le retour nécessaire au contact de la terre, du risque et de la fragilité.

Mon Message : Choisir le Bruit

Ce roman est une invitation à "choisir le bruit" plutôt que le silence aseptisé du contrôle. À travers le sacrifice d'Eliott — qui finit par contaminer le réseau avec de l'empathie plutôt que de le détruire — je propose une vision d'avenir où la technologie ne nous dirige plus, mais apprend enfin à nous écouter.

C'est un cri de liberté, une célébration de la fausse note, et un hommage à la beauté asymétrique des fleurs sauvages.

Table des matières

Extra et Infos

A paraître :

L'Echo du parfait

En cours d'écriture

Pentimento ou La Fresque des femmes oubliées

Votre Story Book, essai illustré et audio

Extra

Pour vous remercier d'avoir fait le voyage avec moi, je vous propose un petit saut dans mon univers au travers d'un Story Book

Flasher ici avec votre appareil photo et cliquez sur le lien proposé : acommweb.fr ou recopiez ce lien : https://acommweb.fr/bienvenue-dans-mon-univers-

Page Auteure : acommweb.fr

Mail : contact@acommweb.fr

mes réseaux Facebook Insta ou Pinterest

Bio de l'auteure

La plume derrière le pinceau.

Artiste peintre imprégnée de l'esthétique cubiste, Alexandra ROI a l'habitude de déconstruire la réalité pour en révéler les facettes cachées. Devenue artiste numérique, elle manipule quotidiennement les outils qui façonnent notre futur en utilisant ses compétences de webmaster pour explorer les entrailles du code et de l'intelligence artificielle. . Lectrice assidue de littérature classique et de maîtres du suspense contemporain, elle s'intéresse particulièrement aux errances de l'humanité face au progrès technique.

C'est dans cette fusion entre la structure mathématique et l'émotion brute qu'est né son premier roman. Inspirée par un rêve obsédant et nourrie par les récits à "double tiroir" de Stephen King ou Maxime Chattam, elle signe avec "Ils ont tué l'enfant parfait" une dystopie viscérale. Son écriture, visuelle et organique, est un plaidoyer pour le chaos créateur face à la froideur de l'optimisation.

À la manière d'une peintre cubiste, elle fragmente son récit pour mieux interroger notre devenir. Son expertise technique lui permet d'ancrer son intrigue dans une anticipation crédible, tandis que sa sensibilité artistique offre une réflexion poignante sur la parentalité et le droit à l'imperfection. Elle propose ici une fiction puissante où le bug devient la seule issue de secours;

Elle vit et travaille entre deux mondes : celui des algorithmes qu'elle maîtrise et celui de l'humain, magnifique et imparfait, qu'elle défend.

www.ingramcontent.com/pod-product-compliance
Lightning Source LLC
LaVergne TN
LVHW090608110826
845146LV00001B/305

* 9 7 9 1 0 9 8 3 7 8 3 0 0 *